ちくま文庫

小さいコトが気になります

益田ミリ

筑摩書房

小さいコトが気になります　目次

小さいコトが気になります

人生にほぼ必要のない確認のために

人は確認を怠ったとき、小さな、あるいは、大きな失敗をしでかしてしまうことがあります。

しかし、この世にはさほど必要のない「確認」もあり、わたしは、その、さほど必要のない確認のために、そこそこの時間を費やしていることに気づいたのでした。

益田ミリ

ポテトサラダの確認

日比谷付近で用事があるときには、帝国ホテルに寄ることを考え、余白の時間をつくっておく。

なんのためか。

パンケーキである。

ホテル一階のレストラン「パークサイドダイナー」のパンケーキは、おいしい。ふわふわだ。いや、ふっわふわだ。添えられているバターまでもが、ふっわふわである。この夢のようなパンケーキを食べるため早目に家を出るのであるが、しかし、わたしが書きたいのは、ポテトサラダのことなのだった。

その前に、しばし、みそ汁の話に飛びたい。

まだ上京間もない頃、とある雑誌の編集者たちと居酒屋へ行ったのである。

誰かが言った。

「好きなみそ汁の具ってなに？」

わたしはポカンとした。そこにいたのは、みな年上の男性ばかり。仕事の流れでお供したものの、東京のモードな話題についていけるだろうか、と心もとなかったところに、「みそ汁の具」である。

「大根と薄揚げです」

若造であるわたしが一番に答えると、「ああ、なるほどそうきたか」と間の手が入り、「ボクは薄揚げとの組み合わせだったら、じゃがいもかな」、「じゃがいも、いいね、ほろっとするのがね」、「長芋も悪くないよね」などと、どんどん引き伸ばされていく。あの頃のわたしはまだ知らずにいた。こういうことをまじめに語るのがツウとされている世界が存在することを……。

そんな流れでの、ポテトサラダである。

「ポテトサラダに、なに入れる？」

わたしは震え上がった。みな、どんな食材を求めているか。みそ汁にプチトマトが合うと言った人は、しばらく話題の中心になっていた。ならば、ポテトサラダで、わたしはなんと言えば？　ツナ？　コーン？　わからない。もごもごしていたら、クレソン、あるいは、らっきょうのみじん切りを入れると言う人が出てきて、自分の平凡さに落胆した。

さて、帝国ホテルのベーカリーショップには、パンや焼き菓子などの他に、総菜を売るコーナーがある。

ショーケースをのぞけば、ポテトサラダが並んでいる。

ポテトサラダは直径一五センチほどの、丸くて平たい容器に入っている。全体的に白っぽい。見たところ、クリーミーだ。

帝国ホテルのポテトサラダである。さぞかし、誇り高いに違いない。近くにいるシャリアピンステーキとも引けを取らない風格さえ感じられる。彼（ポテトサラダ）には、一体、どんな具材が入っているのか。

値段は一〇〇〇円だ。強気だ。しかし、彼にはそれだけのなにかがあるに違いない。

もしも、わたしがこれを買って食べたとしよう。間違いなく調子にのるだろう。飲み会の席でポテトサラダが話題になるのを待ちつづけ、出たが最後、これまでの凡人ぶりから脱却するため、

「帝国ホテルのポテトサラダは、○○が入ってますよね」

鬼の首を取ったように語りだすに決まっている。これは、とても、感じが悪い。だから、買い控えている。控えてはいるのだが、ポテトサラダがシャリアピンステーキたちと、まだ肩を並べているのかどうかは気がかりで、好物のパンケーキを食べた後は、毎度、ポテトサラダの確認に行くのである。

ポテトサラダの具を
検索してみると
カボチャ
パプリカ
セロリ
豆
チーズ
ゴーヤ
アンチョビ
生ハム
カニカマ
もはや
自己表現だな

つくりおき
の
確認

つくりおきレシピの本や、
つくり
おき

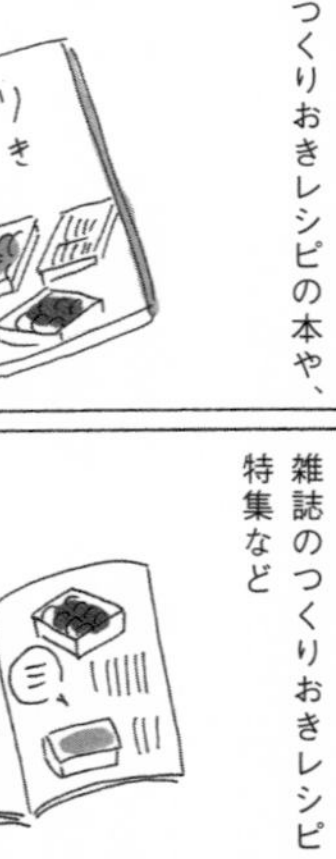

雑誌のつくりおきレシピ
特集など

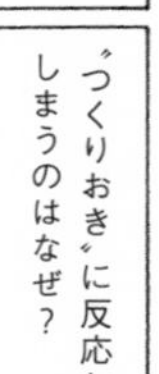

〝つくりおき〟に反応して
しまうのはなぜ？
つい確認
してる

と、考えてみたところ
うーん

あ、
余白か

一週間分のおかずを
つくりおくと

帰宅
ただいまー

即、ごはん
パクッ
を、想像してうっとりする楽しみ……
わたし えらーーい ナニを 習得 してるか しらんケド
そして生まれる余白の時間
じゅーじかん
なに見てるの？
つくりおきのレシピ
友人
この時間を利用してめちゃくちゃ勉強し、
わたし それ、ムリだわー
ナニかを得ている自分
できたの すぐ食べちゃう
アーハハハ
たしかに!!

モンブランの確認

かつて、栗は素朴だった。

茹でたものをおやつに食べるとか、栗ごはんだとか。

今はどうだろう。秋の訪れとともに、デパ地下では栗のスイーツが我が物顔に振る舞っている。

栗どら、栗まん、栗団子。栗のロールケーキに、栗スコーン。マロンパイ、マロンタルト、マロンクッキー。

さらに、「和栗」というキーワードが定着してからは、和・洋菓子問わず、その貴重さを前面に押し出しての和栗合戦。

和栗とバナナがエクレアにサンドされているのを見かけたこともある。

和栗とバナナ。

国も違えば、季節も違う。

そもそも、このふたつ、合う？

しばらく店先のショーケースを眺めていたのだが、わたしの結論は「合う」と出た。ホクホクとネロネロが混ざり、ちょうどいい食感になりそうだ。実際に買って味を確かめられればよかったのだけれど、その時、すでにわたしの右手には「栗きんとん（和栗）」の紙袋が……。

なにを隠そう、わたしも栗好きなのだった。さすがに食べ過ぎかなと買わなかったのだが、実はちょっと後悔している。旅先で立ち寄ったデパートでのことだった。

昔、祖父母が住んでいた福井の山奥に、大きな栗の木があった。幼稚園で「大きな栗の木の下で」を歌うとき、だから、わたしはいつもその木のことを思っていた。

栗の木の下には、沢の水を溜める大きな桶があり、そこに、立派な鯉が泳いでいた。

秋になると、栗の木はたくさんの実をつけた。父が木の枝を使い、あるいは木登りし、慣れた手つきでいが栗を落とす。それを母が靴で踏みながら器用にむいた。大阪の団地で見ている父と母とは、違う人のように見えた。

わたしはあの時、「過去」があるということが感覚的にうらやましかったのだと思う。子供である自分には、思い出の量が少なすぎた。

とれた栗は祖母に茹でてもらった。父はフライパンで炒ったものを食べていた。

山の夕暮れは、いつもどこかから焚き火のいい匂いがした。栗の木は今もあの山で実をつけているのだろうか。

さて、栗である。

栗のデザートの王様といえば、やはり、モンブランだろう。

とはいえ、わたしの中では、長らくモンブランはおばさんの食べ物という位置づけだった。

苺ものってない。生クリームやチョコレートとも無縁だ。祝祭感に欠けるあの地味な外観は一体どういうつもりなのか。

かたくなだ。

子供への歩み寄りなど、まったく感じられない。

しかし、派手なケーキをひととおり経験してみれば、おいしいモンブランはおいしいのだ、と思えるようになっていた。わたしにも、過去ができていたのだ。

和栗のモンブランは、カフェでも秋一押しメニューである。あれば食べちゃう。でも、まだ、巡り会えない。

わたしは、自分にとっての究極のモンブランを探しているのだが、いまだ出会えていないのだった。

今年はホテルニューオータニで、「スーパーモンブラン」なるものも食べた。ハンドボールくらいの大きさだ。

たっぷりの和栗クリームを支える土台は、バター香るタルト生地。クリームの中にはアーモンドミルクのお餅みたいなのが入っており、斬新だった。かつ、おいしかった。スーパーモンブランはおいしかったのだ。

しかし、それは、わたしが追い求めているモンブランではなかった。

わたしの探しているモンブランの土台は、柔らかいスポンジタイプだ。たまごのような素朴な味わいが特徴だ。

わたしのモンブランの中身は、牛乳の風味が強い生クリームだ。外側の和栗クリームに張り合えるワイルドさを求めている。そのワイルド生クリームに、ただ蒸しただけの和栗が細かく刻んで混ぜてあるのはどうだろう？　ちょっとシナモンの香りがしてもいいような、いらないような。案外、バナナも必要だったりして？　こればかりは出会ってみないとわからない。

わからないので、秋の訪れとともに地道に食べて探すしか道はない。

どこにいるのか、我が究極のモンブラン。どうやら、長い確認の旅になりそうだ。だが、決して、つらくはない。

このモンブラン
ショーケースの前で……
土台はどーなっとる?
← 見えないやつ

棋士のメニューの確認

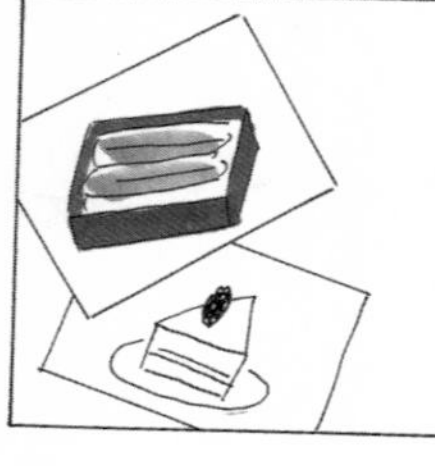

一体なにを楽しんでいるのでしょうか？

「わたしならそのとき
なにを選ぶか？」
という
おやつは
どちらに
疑似体験を楽しんで
いるのかもしれません
糖分を
ガツンと……
ははは
かもね
将棋ができないの
だから
歩兵
棋士になりたいと
夢みたこともない
王将
なのに対局のメニューは
確認している
おやつは
ショートケーキか
人の娯楽とは
なんとも複雑であるのだ
なあと思ったのでした
ホントに
食べたくなってきた

たまごサンドの確認

「サンドイッチ」は、もともと人の名前だった。

クイズ番組の解答で知って、へぇ〜と思ったのを覚えている。

『サンドイッチの歴史』という本によると、イギリスのサンドイッチ伯爵（一七一八―一九二）が、ゆっくり食事を取る時間がないときに、パンに牛肉をはさんで持ってこいと命じた。ここから「サンドイッチ」になったらしいという逸話が紹介されていた。一般名称として定着したのは、一七六〇年代から一七七〇年代にかけての間なのだとか。

そのサンドイッチ。一九八六年の調査によれば、イギリスでは推定で年間ひとりあたり二〇〇個のサンドイッチを食べているらしい。

わたしでいうなら、せいぜい月に一個。食べない月を考慮すれば、年間一〇個というところか。

そのうちの何個かは、たまごサンドである。

たまごサンドイッチは、たまご焼きであってほしい、と子供のころから思っている。実家のたまごサンドがそうだったというのもあるし、関西では、喫茶店のたまごサンドがたまご焼きなのは、わりとあることだった。

であるからして、上京後、

「あそこの喫茶店は、たまご焼きのたまごサンドらしい」

という情報を入手すると、近くで用事があったときには寄ってみよう！　とメモしておく。しかし、結局、全然、近くないときでも遠回りして食べに行ってしまうのだった……。

有楽町の「はまの屋パーラー」のたまごサンドは、たまご焼きである。こちらのたまごサンドは、食パンを焼くか焼かないかを選べる。わたしはいつもそのまま。しみじみと味わいたいので、たいていひとりで行って食べる。

「ああ、懐かしい、やっぱりたまご焼きだよね！」

確認し、ホッとするのだった。

根津の「カヤバ珈琲」のたまごサンドもまた、たまご焼き派。分厚めの食パンはふわふわで、たまご焼きもふっくら厚い。からしのピリリが食欲を掻き立てる。

ピリリといえば、先日、台湾に行くため羽田空港国際線をはじめて利用したのだけれど、出国審査を終え、免税店エリアに入ったところで何か食べようかなぁとカフェをのぞいたら、たまご焼きのたまごサンドを発見。いそいそと買い、搭乗ゲート付近のイスに座ってパクリ。こちらも和がらしがピリリときいて、ビールと一緒に食べたい気分だった。

『和食に恋して』を読んでみれば、日本では肉食禁忌の風習によって卵もなかなか食用にされなかったものの、江戸中期になると庶民も口にするようになってきたと記されていた。ゆで卵の行商もあったとか。

また、『日本の食文化――「和食」の継承と食育』によると、明治時代半ばには、一部の階層間でオムレツ、大正時代初期になると、たまご焼き、茶碗蒸し、卵とじなどが日常食になってきたとのこと。その後、たまご焼きのたまごサンドイッチが日本に登場するまで、どのくらいの時間を要したかは知らないが、サンドイッチ伯爵をはじめ、尽力してくれた人々に感謝しなければならない気がする。

人生最後の食事はカレーパンがいい、と言っている人がいた。パンと限定するなら、わたしはフルーツサンドか、たまご焼きのたまごサンドだろう。

子供時代、寝起きでぼうっとしているときに出てきた朝食のたまご焼きのたまごサンド。サンドイッチのカットは三角ではなく、半分の長方形。食パンにたっぷり塗ったキユーピーマヨネーズは、できたてのたまご焼きのおかげでいい感じに温まっていた。

帰省すると、今でもときどき母親に作ってもらうのだが、案外、大切なのは、皿である。

これこれ、やっぱり「ヤマザキ春のパンまつり」の皿じゃないと！

そう思いつつ食べているのだった。

見本のサンドイッチが
たまご焼きに見えて
入店したものの……
おっ
もしや？
ちがった
というこ とが
時々あります

アイスクリームボックスの確認

スーパーやコンビニのアイスクリームコーナー。買う気がないときでも、のぞいてみたくなる。のぞく、あるいは、のぞき込んで選ぶお菓子って、アイスクリーム以外にあっただろうか?

ちなみに、あのアイスクリームが入っている冷凍庫は「冷凍ショーケース」という名でネット販売もされている。一〇万円くらいで買えるものもあり、もちろん一般家庭には必要ないけれど、手に入れられなくはない家電なのであった。

冷凍ショーケースをのぞくのは楽しい。

うんと小さいころは、大人に抱きあげてもらわねば中を見られなかった。自力でのぞきこめるようになるころには、すでに損得の勘定ができるお年頃。

アイス買っていいよ、と親から手渡された五〇円。

この五〇円で、最高のアイスクリームを手に入れたい！

子供たちは、たいてい五十円玉一個しか与えられないから、選ぶの、もう必死。

友達にうらやましがられるような一品を入手したい。

「わ、それいいな」

真夏の午後、冷凍ショーケースに手を突っ込んで商品を引っ掻き回した。

今でも覚えている。

ケースの底の角の方に手を伸ばして取った棒付きのアイスキャンデー。銀色の包みで、オレンジ味だった。他の子たちがどれだけ探しても、それ一個しか出てこなかった。わたしは自分の戦利品を自慢げに幼なじみたちに見せびらかして食べたわけだが、

今から思えば、あれって去年の残りものだったのでは……。

そんな思い出とともに、大人になってものぞき込んでしまう冷凍ショーケースのアイスコーナー。ハーゲンダッツのような高級アイスも現れ、多少の値段のバラつきはあるものの、当時とそう大きくかわってはいないように思う。似たような価格、似た

ような大きさ、食べ終える時間もほぼほぼ同じ。

アイスクリームを商品開発している人々のことも、ちらりと頭をよぎる。似た特徴の商品だからこその、他社との差別化&競争。

昔、会社員をしていたころ、となりの部署は商品開発部だった。食品ではなかったものの、ひとつの新商品が生まれるまで、アイデア会議、市場調査、社内社外の数々のアンケート、試作品、デザインやネーミングなど、たくさんのハードルを飛び越えなければならぬ。

「こんなのあったら欲しいよね！」

という胸躍るアイデアがすんなりと実現するということはまずなくて、できるだけ近づけられるようにがんばる、という姿を見てきたものだから、開発者たちへの敬意も自然と湧きあがってくる。

新商品のアイスクリーム。

たとえばストロベリーアイス。果汁だけでなく果肉も入れたいのだが、まずは役員たちに「いいね！」と言ってもらわねばならず、どうやったら会議で通るか、頭を抱えた夜があったのかもしれない。

あれこれ想像しつつ、スーパーの、あるいは、コンビニの冷凍ショーケースを確認するわたし。

もし、わたしがアイスクリームの新商品の開発を任されたなら、ナニ味にするだろう?

栗好きだから、やはり栗は入れたい。

できれば甘露煮ではなく、蒸しただけの素朴なやつ。

栗とメロンは意外と相性がよいので、それをメロンの果肉がゴロッと入ったバニラアイスにまぜ、ハチミツのやさしい甘味をプラス……などと考えるのは、もはや娯楽である。

冷凍ショーケースの中には、つかの間の気分転換も入っているのであった。

アイスクリーム

やがて時は流れ……

なんか知ってるこの光景

ハーゲンダッツの確認

ハーゲンダッツのアイスクリームが市販になっていない頃は
ずいぶん昔やな〜

ハーゲンダッツのショップでしか食べられなかったわけですが
並んで食べた高校時代

会社員時代には、家族のお土産に、よくショップで買って帰りました
たしかこんな感じ
いろいろ店頭で選べた

でも今は、カップのをコンビニで気軽に買え
どれにしよ

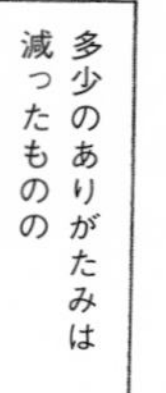
多少のありがたみは減ったものの
やっぱりコレ

定期的には食べているのでありました
うまし

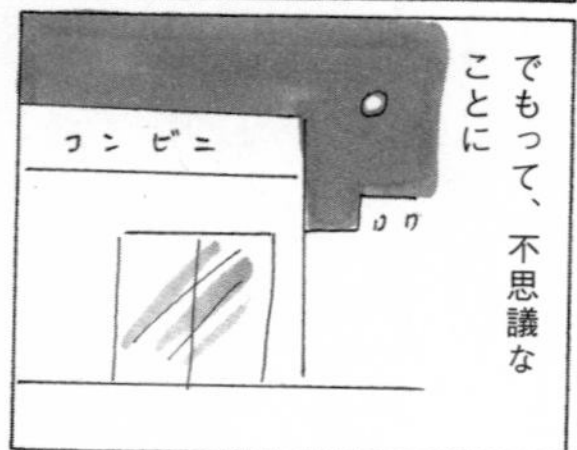
でもって、不思議なことに
コンビニ

全然アイスクリームを
買う予定じゃない時でも
チョコレート
これにしよ

なんとなく

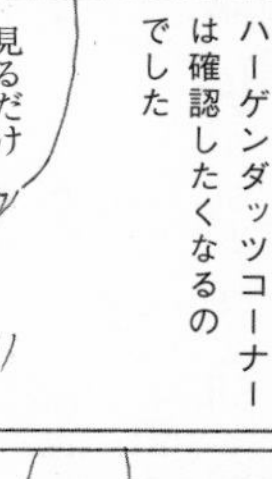

ハーゲンダッツコーナー
は確認したくなるの
でした
見るだけ

新作を知りたい
というのもあり、
どれどれ

「ほうじ茶ラテ」
だって〜
ほー
ハーゲンダッツの新作
から世のトレンドが
わかるのではないか
という期待もあり
ふむふむ
しかし、たぶん、
ホントのところは
自分の一押しの
「マカデミアナッツ」が
あるかの確認なので
ありました
あるある

銀行の確認

銀行。

うーんと昔、客はもっと放ったらかしにされていた気がする。

自力で目的の窓口にたどりつきたまえ！　本当にわからないときだけ声をかけたまえ！

銀行内からの光線をビンビンと受け、ちょっとした緊張感に包まれていた。

しかし、時の流れとともに、銀行は優しく歩み寄ってきてくれた。

店に入るとササーッと案内係が接近。なんの用事だかを聞いてくれ、てきぱきと指示を出してくれる。

わたしはベルトコンベアーに載せられた商品のようにソファに運ばれ、ぼんやりと順番を待つだけ。

ぼんやりしすぎて、自分の番号のランプがついたのに気づかずにいると、

「お客様、何番でいらっしゃいますか」

彼らは、耳元でさりげなく教えてくれたりもする。

いつも行く銀行の窓口に、わりあい年配の女性がふたりいる。

「あ、今日もいらっしゃる」

確認できると安心する。

仮に、Aさん、Bさんとしておこう。

Aさんはちょっとアンニュイ。髪はセミロングで、たいてい片側の髪を耳にかけている。

Aさんはアンニュイなので、時に不機嫌にも見えるんだけど、実際、彼女の窓口に当たると、しっとりと優しいのだった。

一方、Bさんは、スポーツ部のキャプテンのようにはつらつとしている。座っているところしか見たことがないが、走ればめちゃくちゃ速そうだ。地味な制服に身を包

んでいても、スポーティさが全身から溢れ出ている。窓口のBさんは笑顔を絶やさない。いつも口角を上げ、がんばっている。

わたしは彼女たちが働いている姿を眺めるのが好きなのだった。特に、若い後輩たちになんらかの指示を出している場面に出くわすと、その後輩たちが、AさんとBさんの若き日そのものに見えてくる。

お札がうまく数えられずに特訓した日々。横柄な客に涙した夜もあったはず。職場においては、もしかしたら数種類の○○ハラにもあってきたのかもしれない。○○ハラという言葉が浸透する前の時代だ。が、しかしタイトルがないからといって、なにもなかったわけではなかろう。

わたしが高校生だったころに、男女雇用機会均等法が施行された。社会に出ていないからなんのことやらわからなかった。

「なんか、平等なるらしいで」

誰かが言っているのを聞いても、え、平等じゃなかったってどういうこと？

そんな感じだった。幼い心で世界を信じていたのである。

いろんな思い出がよみがえる銀行のソファ。

Aさん、Bさん、今日も窓口に座っていてくれてありがとう。体に気をつけ、定年までがんばってください。わたしもがんばります。

例のごとくぼんやりしていたら、この前は、銀行員ではなく、隣りにすわっていたご老人に、

「あなたの番じゃない？」

膝に載せていた番号札を指差されたのだった。

銀行に置いてある
雑誌の種類も
チェックします
お金の本と
料理の本

お金の確認

その場所を通るとき、いつも「あっ」と思う。
「あっ」と思って立ち止まり、
「あっ、ちがった」と立ち去るのである。
最寄り駅の通路の床に、丸い銀色のネジのようなものがポツンと埋め込まれている。
視力が悪いわたしには、それが百円玉に見えてしょうがない。
そうだった、お金じゃないんだった。
ちょっとがっかりする。
そして、そのことを忘れ、返す返す「あっ」と、反応してしまう。

　先日、たまたま知り合いと一緒に歩いているときも、うっかり立ち止まってしまった。

「どうかした？」

「あ、いや、百円玉、落ちてるのかと思って、ははは」

　正直に言ったところ、こう返された。

「それ、前も間違えてたよ」

　はずかしい。

　まるで、お金が落ちていないか、いつも確認している人のようではないか。


　お金を拾う夢をよく見た時期がある。

　会社員を辞め、あてもなく上京して間もない頃だった。貯金や退職金もあったし、お金に困っていたわけではなかったのだが、夢の中では、お金が落ちていないかと人通りのない路地を探して歩いている。

　夢の中で見つけるのは五百円玉と決まっていた。それも一〇枚、二〇枚まとまって落ちている。大急ぎで拾っているところで目覚めるのだが、しばらくは、てのひらに五百円玉のひんやりした感覚が残っているくらいリアルな夢だった。

夢といえば、ちょっと夢っぽいできごとがあった。夜の駐輪場での一幕である。駐輪場は有料だった。料金を支払うために精算機に向かったところ、わたしのすぐ前をひとりの若い女性が歩いていた。

夜だし、周囲は薄暗い。

彼女の足元の半歩先に、銀色の丸いものがふたつ落ちていることに気づいた。ネジではなかった。百円玉と、五十円玉が一枚ずつ落ちていた。

彼女がちらりとわたしを振り返った。お金が落ちていることを、背後の人（わたし）が知っているのかどうかを、気配というか、空気というか、そういうもので感じ取ろうとしたのだと思う。

わたしがお金の存在に気づいている、ということを、彼女は「感じ取った」。で、どうしたかというと、彼女は百円玉だけを拾い、そのまま精算機へと歩いて行ったのだ。五十円玉は、わたしに「譲る」ということなのだろう。

ふたり同時に発見したから山分け。
しかし、彼女はとっさに高いほうのコインを選んだ。
一連の流れが可笑しくなり、自転車に乗って帰る夜道、声を出して笑ったのだった。

子供たちの募金
全員の箱に入れたか
確認します
自分のに
入れてほしい
もんね！

信号機
の
確認
ある人にとっては
美しい
「それ、美しい？」
って
と、不思議に思う
ような部分も、
街のいろんなところに
あって
ある人にとっては

「いや、美しい!」
青に変わる前の一瞬
と、なるのだと
思われます
なんか、キレイ
わたしには
信号機を美しく
感じることがあって
つい確認してる
それは、交差点の
信号機が、すべて「赤」に
なる一瞬なんです
いろんな人の小さな
美しいが、街の中に
ちらばっているのかも
しれません

送信メールの確認

送信ボタンを押す前にしっかり確認すればいいのに、さっさと送ってしまう。言うまでもなく、メールの話、しかも仕事のメールである。

ついさっき送信したのは、いつもお世話になります、が、〈いもつお世話になります〉になっていた。

その一本前では、〈NOBONAGAが気になります!〉と打って送信している。ノボナガ。東京土産のお菓子みたいだが、正解は、NOBUNAGA。宝塚歌劇で織田信長の舞台があり、その件だった。

送信履歴をスクロールすれば、〈シッョピングセンター〉〈なにんもしない旅〉〈ずこーい！〉など、探そうとしなくとも、次から次に失点を見つけられる。すぐに送らずに、一旦、読み返せばよい。

わかっているのだが、勢いにまかせ、カタカタカタカタ、タンッとやってしまう。そのくせ、送った文章は、何度も何度も読み返すのだった。

送信後、すぐに文面を確認する。これは単なる確認。

つづいて、他者の視点での確認。少し時間を置いてから、送った相手になったつもりで再読するのだ。

〈ずこーい！〉ってなんだよ、まったくこの人は。

みたいに。


若かりし頃、旅先から好きな男の子に絵はがきを送ったことがあった。

〈元気ですか、今、どこそこに来ています、今日はこんなところを見て、こんなものを食べました、帰ったらまたね！〉

どうということのない文面だったが、わたしは、自分の手帳に一字一句書き写してからポストに投函した。あの人は、どう感じるんだろう。後から「彼」の視点になって読み直したかった。ハガキに添えた、手描きのイラストまで正確に写した。

そういえば、以前、若い女性たちが集まる座談会を取材したとき、メールの話題になった。ひとりの女性が言った。

「暇なときって、自分が送ったメール見てる」

すると、「わかる。届いたメールより見てる」と、同意した人が少なからずいた。

その後、一瞬、場の空気がしんみりした。

小学校の国語の授業で、「○○的」という表現を習った。他に、どんな「○○的」があるか探してきなさい。そんな宿題が出され、「客観的」と書いてきた子が何人かいた。客観的は大事なことだと教わった。

自分の中は、自分ひとりだけの場所じゃない。

あのときの教室も、もしかすると、ちょっとしんみりしたのかもしれない。

ちなみにわたしは、「楽天的」と書いて行った。心配性で、ちっとも楽天的ではなかったくせに。

送信ボタンを押すときの
最終的な気持ち

どーとでも
なーれー

タンッ

境界の確認

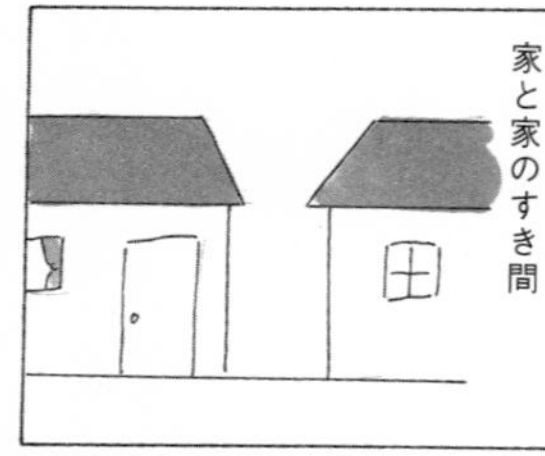
家と家のすき間

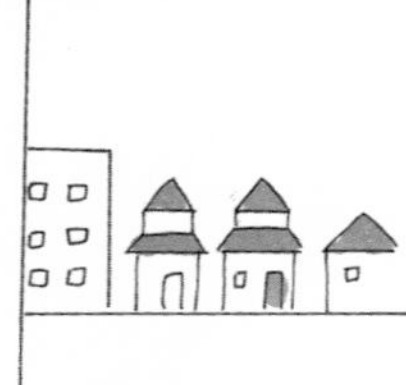
すなわち境界

都会の境界は人が
通れないほど狭いことも
多いわけですが
細い……

それでもわたしは

なんか、そのすき間が
好きで
次のすき間は？

通るとき、
確認してしまうのでした
ちらっ

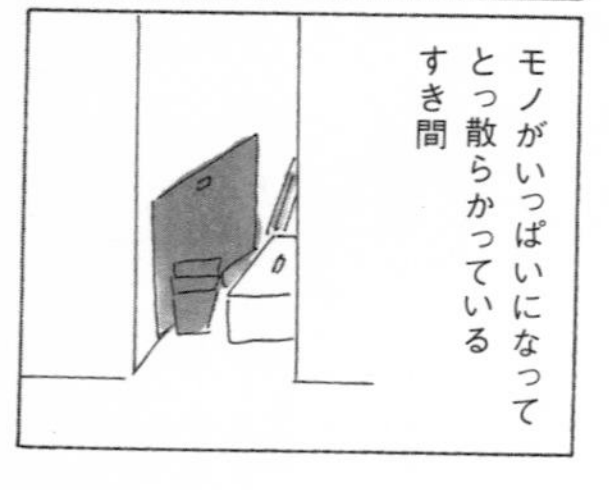
モノがいっぱいになって
とっ散らかっている
すき間

草がボーボーのすき間
たまに猫なんかがいて
好きなすき間は
あ
通り抜けできそうなすき間
今の、好き〜
もちろん、通り抜けたりはしないのですが
子供の頃、ああいうとこもくねくね走って遊んだことを思い出したり
もし今、子供だったらさっきのすき間、抜け道にしてるな
ハハッ
なんてことを考えるのが楽しい、そんな感じの確認なのでありました
次のすき間

スクランブル交差点の確認

渋谷のスクランブル交差点。あえて渡りたい派である。

渋谷センター街のホームページによると、あの交差点、多いときには一度に三〇〇〇人が渡るのだとか。

信号が青に変わり、群衆が動きはじめるときは、毎度、ハッとする。水族館でイワシの群れを眺めるときのような、渡り鳥の群れを見上げるときのような。

群れで飛ぶ鳥たちといえば、先頭の鳥がリーダー格とは限らないと聞いたことがある。たまたま前にいたから先頭になっちゃった、という感じらしい。つかの間のトップスターである。

わたしも、あえてトップスターになってみることがある。別段、急いでもいないのに、渋谷スクランブル交差点の先頭に立ち、信号が変わるのを待つ。

思えば、人の後ろばかりにいる青春だった。

勉強や運動、音楽や図工や作文。どれも一番になったことがない。

高校生のとき、仲良しの女子グループで「なんでも一番」を決めようということになった。それぞれのいいところを再発見するという趣旨のもと、いろんな一番が強引に決まっていった。「おもしろい人一番」「キョンキョンに似ている一番」「字がかわいい一番」などなど。わたしは「髪の毛サラサラ一番」になったが、一番といえば、それくらいである。

だが、そんなわたしでも簡単に大勢の人々のトップになれる。それが、渋谷スクランブル交差点。地下通路からでも向こう側に渡れるのだが、先頭を切って渡りたくて、わざわざ地上から交差点を横切ることも多いのだった。

行き交う人々は、みな、ものすごいスピードだ。絶対に、まごまごできない。

わたしは、いつまであの交差点を、颯爽と渡りきれるのだろうか？

加齢とともに、足腰も弱くなる日が必ずやってくる。あんなところでぶつかって転倒でもしたら大変！

「もう、次からは地下道を利用しよう……」

その境目の日を確認するために、渋谷スクランブル交差点を渡りつづけている気がしないでもない。

渋谷のスクランブル交差点について調べていたところ、昔、この上空付近をロープウェイが飛んでいたというのがわかった。空中ケーブルカーと呼ばれ、一九五〇年代のわずかな間、東横百貨店（二〇二〇年営業終了）の屋上から遊覧できたようだ。一九五二年に公開された『東京のえくぼ』という映画の中では、俳優たちが実際に空中ケーブルカーに乗っている映像もあった。その揺れっぷりはかなりのものだった。

そんな、のどかな時代を経て、いまや〈シブヤ　スクランブル　クロッシング〉と、日本の観光名所になった渋谷スクランブル交差点。外国の旅行者が自撮り棒で撮影しつつ、大はしゃぎで渡っている。

それを横目に、わたしはわざと無表情で渡るのだ。

「いつも渡ってますから〜」

無表情というより、ドヤ顔になっているのかもしれない。でもって、その顔は旅行者たちの記念撮影の背景となり、彼らとともに、彼らの母国へと渡っていく。

ドラえもんの道具には、もうあるのだろうか？　写真の中の自分が、本物の自分のかわりに旅行できる道具。もしあったら、渋谷のスクランブル交差点の〈わたし〉は、とっくに世界一周していると思う。

どこかの国に
旅立っていく〈わたし〉
HAPPY

植木鉢の確認

家から駅まで少々あるのでいつもは自転車なのだが、たまに歩くこともあり、その際の楽しみは植木鉢である。

よその玄関先の植木鉢には顔がある。

同じ鉢が揃えて並べられていれば、買った人の几帳面な顔が浮かんでくる。勝手な想像だが、部屋もそこそこ片付いているのではないかと思うし、回覧板も見たらすぐに回すんじゃないかなと思う。同じ鉢で揃えるような家は、長い期間咲く堅実な花を好む傾向がある気がする。パンジーだとか、ビオラだとか。長く咲けば町並みも明るい。地域に貢献する人々の家でもあった。

鉢の色や種類がばらばらの家もある。毎度、そのときの気分で買い足しているのだろう。

花の種類にしても、長持ちするかどうかより、

「きれい、欲しい、買っちゃおう」

の精神だから、開花期間が短く、すぐに葉だけになるような鉢物が多い。けれど、これはこれで大らかさが感じられて好きなのだ。こちらもまた勝手な想像なのだが、こういう家の内部には、植木鉢と同じく統一感がないような気がする。洋風の人形の隣りに、こけしを並べるみたいな。

多肉植物ばかり並べている家もある。実家はこんな感じである。以前は、あんな植物を愛でてなにがおもしろいのだろうと思っていた。陰気くさい。ちょっと不気味。けれど、なんとはなしに多肉植物の寄せ植えを試してみたところ、忘れたころにひっそりと可憐な花が咲き、なかなか味わい深いのだった。これといった手入れをしなくてよいのも気楽である。となると、多肉植物は面倒くさがりやに好まれているのではないか。ちなみにわたしは、四角い部屋を丸く掃除するタイプである。

他にも、盆栽の鉢、菊の鉢、ハーブの鉢など、玄関先の様々な主張を確認して歩い

ているわけだが、もっとも惹きつけられるのは、枯れ果てた草の鉢、土しか入っていない鉢、そういうものばかりがずらずらと並べてある家である。

かつてはこれらの鉢も玄関先に彩りを添えていたのだろう。朝夕、水をやり、虫くいの葉を取り、台風の季節には屋根の下へ移動させてやった。そんな鉢だったのかもしれない。鉢が荒れている家は、玄関まわりの雑草の手入れも滞りがちだ。だからと言って、家の中が幸せじゃないとは限らない。過ぎ去った日々と、今、ここにある時間。すすけた植木鉢に思いを馳せながら、わたしは駅に向かうのだった。

『江戸の風俗事典』を開いてみれば、植木職にかかわる商人が、江戸の職業で一番多かったのだとか。空前の園芸ブームがおこり、そこで庭師、鉢物師が生まれたらしい。

また、『江戸庶民の楽しみ』によると、江戸時代、植木屋は一種の行楽地として注目されるようになり、そんな流れで登場したのが菊人形のようだ。菊人形を見せる名目で、客に草花や盆栽を買わせるというわけである。

そうやって植木鉢が庶民の暮らしに広がり、今の世でも玄関先を華やかにしてくれている。庭がない身としては、もはや植木鉢が庭のようなもの。鉢庭である。

先日、沖縄の那覇へ旅したとき、満開の赤いハイビスカスの鉢植えを見た。

ここの家で、この街で生まれ育っていたら、わたしはまた違うわたしだったのだろうか。そのわたしに、ちょっと会ってみたかった。

ハイビスカスの鉢植え。カメラのシャッターを押す。旅先でもそんな小さな風景にいつも心が惹かれてしまうのだった。

沖縄にて

街に
負けていない
ハデさ

ハイビスカスの鉢
ここで見るのが
美しい

買い物カゴの確認

何人暮らしかな～
どんな家族構成かな～

という、他人の家の
窓をのぞくような
ちと、いけない気持ち
高校生の
男の子
いそう〜
ふと目に入ったカゴ
このカゴは
ダイエット中かな
おじいさんのカゴには
タイムセールのお弁当が
ひとつ
このカゴは
料理好きだな
淋しい、
とは限らない
スパイスとか
ハーブとか
入ってる
オシャレ〜
と、思えるほどには大人
になっていたのでした

猫の確認

自転車で駅前のスーパーへと走る夕暮れどき。

いるといいなぁと確認しながら漕ぐのだけれど、なかなか出会えない。のら猫の話である。

「あ、いた！」

スピードを落とし、ラーメン屋の店先に寄っていったところ、白いビニール袋だったこともある。目が悪いので、しょっちゅうゴミ袋と猫を見間違えているのだが、猫に見えたのならそれはもう猫ということに決め、確認しないほうがいいのかもしれない。

そうかと思えば、たてつづけに見られる日もある。のろのろと小道を横切り、遊歩道に消えて行く白黒の猫。新聞屋の向かいの家でじーっとしているキジトラ猫。あとは、ほっそりとした黒猫と、毛が長い灰色猫。縄張りなのだろうか。馴染みの猫ばかりである。

一〇歳くらいのころだっただろうか。

雨の夜だった。子猫がミーミーとなく声が近所に響いていた。

家族そろっての夕食中、おそらくそんな会話になったのだろう。

「捨て猫かなぁ」

夜が更けても、子猫はなきつづけていた。それで、ちょっと様子を見てこようとなり、傘をさして表へ出た。

子猫は田んぼの用水路のあたりにいて、ずぶぬれだった。とりあえず家に連れて帰ったものの、子猫の色や模様は覚えていない。うちで飼うことはできなかった。飼えなかった子猫は一匹だけではなかった。たくさんいた。

友達と小学校からの帰り道。ドラマのワンシーンのように、数匹の子猫が段ボールに入れられていたこともあった。

「やさしい方、飼ってあげてください」

段ボールに書かれてあるのを見て使命感に燃えた。クラスの男子たちも加わって飼い主探しがはじまった。

誰かが言った。

「大きい家は金持ちやから、大きい家に頼んだらええやん」

それで、大きな家のチャイムを鳴らしては、「子猫、飼ってください」と頼んでまわった。

冷たく追い返された記憶はない。ただ、飼ってもらえることになり、みんなで喜んだ記憶もない。

段ボールの子猫たちは最後はどうなったのか。捨てた人が取りに戻ってくるはずだと、もとの場所に置きに行ったのかもしれなかった。そう締めくくらないと、たぶんわたしたちは家に帰れなかったのである。

飼い主を探せなかったあの日の帰り道。

幼いわたしは、自分たちの非力を嘆いたのだろうか。それとも、かわいそうな子猫を引き取ってくれない大人たちを、お金持ちの大人を恨んだのだろうか。

捨てられた子猫の気持ちに同期して、さぞかし、さみしい気持ちで自宅のドアを開けたに違いない。けれども、みなで飼い主探しをした楽しさもまた、噛み締めていたのだと思う。

家をもたぬ猫たちに付随した、いくつもの思い出。

家猫も、のら猫も、歩く姿は同じであるはずなのに、のら猫のほうがさみしげに映る。そのさみしげな感じが心の中に入り込んでくるのもまた、不思議と心地よく、結局、のら猫を探すのは愁いを求めているからなのではないか、とも思うのだった。

のら猫と目が合っている
つかの間のしあわせ
どしたー

３Ｄの確認

ここ最近、ハラハラして観た３Ｄ映画といえば、アメリカ映画『ザ・ウォーク』。ニューヨークの高層ビルにワイヤーを張り、綱渡りをする男の物語だ。地上四一一メートル。命綱なし。当然、綱渡りのシーンが最大の見せ場になるわけだが、これぞ３Ｄ、実際に歩いているような感覚になり、もう息が詰まりそう……。こっちの気持ちも知らないで、男はワイヤーの上に座ってみたり、さらには寝転んでみたり。ハラハラを通り越し、ちょっとイライラしてしまった。実話（！）なのだそうだ。

『エベレスト３Ｄ』も、なかなかリアルだった。エベレスト登山に挑戦する登山家たちの物語で、こちらも一九九六年に実際に起きた遭難事故をもとにして作られている。

タイトルに「3D」をつけているくらいだから、映像の中で舞い上がる雪は、客席に降りかかってくるかのよう。エベレストの雪など触ったことはないのに、なんだか知っている気になっている。

3D映画。

目が疲れるし、肩も凝る。わかっているのに、なんだかんだと観に行ってしまう。詰まるところ、好きなのだ。

初めて観た3D映画を覚えていないのがくやしい。驚いたはずなのに、まったく記憶にない。

同世代の知人にこの話をしたら、初めての3D映画は覚えていないが、子供の頃、家のテレビで立体アニメーションを観たのは覚えていると言われた。七〇年代、日本テレビで放送されていた「家なき子」というアニメだそうだ。

昭和の時代に、そんなハイテク番組が？　ウィキペディアで検索してみたところ、確かにある。特殊なメガネがなくても視聴することは可能だが、メガネをかけると、より立体に見えたようだ。

「そのメガネ、どうやって入手したの？」

「もらったような、配られたような、買ったような……」

知り合いも、昔のこととなのであやふやとのこと。

昔のことと言えば、うちの両親が新婚時代に観たという映画。

「飛行機がホンマに飛んでるみたいで、観てるだけで酔った」

母が話していたのを覚えている。酔って具合が悪くなり、翌日、夫婦そろって会社を休んだ、というオチまである。

なんという映画だったんだろう？

母に電話すると、『80日間世界一周』だと言う。酔うほど激しい内容だったのだろうか？　ＤＶＤを借りて観てみたが、主人公たちが乗っていたのは、飛行機ではなく気球だった。

おそらく、父と母が酔った映画は、一九五四年に公開された『紅の翼』というアメリカ映画ではないかと思う。あらすじを読むと、旅客機が暴風につっこみ、さらに火を吹くとあった。

この映画は、シネマスコープと呼ばれる横長の大型スクリーンで上映されており、かなりの迫力だったようだ。今の3D技術とは比べものにならないのだろうが、当時の人々は映画の中に入り込んだ気分で大興奮したに違いない。

一生のうちで経験できることなどほんのわずか。たくさんの知らない世界に別れをつげ、我々は死んでいく。

うちの母にしても、初めて本物の飛行機に乗ったのは、数年前にわたしと行った沖縄ツアー。それがなければ、シネマスコープで観た映画だけが、母の飛行機体験になった可能性もある。

しかし、たとえそうであっても、映画『紅の翼』を観たのと観ていないのとでは、人生においての「飛行機経験値」は同じじゃない気がする。

人生は一回ぽっきり。

ならばせめて、3D映画の力を借り、高層ビルを綱渡りしたり、エベレスト登山したりしてみたい。『ゼロ・グラビティ』では宇宙空間へ、『ジュラシック・パーク』では蘇った恐竜たちを仰ぎ見たい。生きられなかったいくつもの人生を確認するため、わたしは3D映画にちょいちょい通っているのではないかと思う。

飛び出す絵本も
ちょっと"別の人生"
なんか
好き〜

人ん家の窓の確認

道を歩いているとき

民家の一階の窓の
カーテンが開いていると

チラッとのぞかずには
いられない、

ということは
ないでしょうか?

じーっと見るのは
悪いので、

本当に〝チラッ〟と
なのですが、

わたしは確認して
しまうのでした
〝チラッ〟
だから
記憶には
残らないけど

どうして人ん家の
中を見てみたいのだろう

と、考えてみたん
です

なぜだ?

片付いている部屋、
散らかっている部屋、
モノが多い部屋、
少ない部屋、

好みの部屋を
探しているわけではなく、

ほんの一瞬、

その部屋の住人の人生を
生きてみる

脳内で、
そんな楽しみ方をして
いるのかもしれません

間取りの確認

間取りは、楽しい。

新聞の折り込みチラシに住宅広告があれば抜き取って別にしておき、朝食後、コーヒーを飲みつつ眺める。ささやかな娯楽である。

広いルーフバルコニーがあるマンションは、永遠の憧れだ。以前、一度だけ賃貸で住んだことがあるのだが、冬の流星群を寝袋から見上げて楽しんだものだった。ルーフバルコニー付きの間取りは愛おしい。

小さな中庭がある間取りもいい。食い入るように眺めている。誰からも干渉されぬ、じぶんちのお庭。毎朝、のびのびとラジオ体操ができるんだろうなぁ。あってもやらないくせに、やっている己を想像する。びっくりするほど収納が少ない新築の間取りを発見すると、こりゃ、とっ散らかるに違いないと面白がっている。

小学校の教室で、さほど親しくなかった女の子と話していたら、互いに家の間取り図を描くのが好きという共通点があるのがわかった。「間取りの縁」で、放課後、その子の家に遊びに行くことになった。

わたしは間取りを描いたスケッチブックを持参した。団地暮らしだったので、理想の一軒家の間取りである。庭には、花壇の絵を添えた。

彼女の家は小さな庭のある一軒家だった。それは、まさにわたしが住みたい家だった。

こんな家があるのに、どうして間取りを描かなくてはいけないのだろう?

彼女は二階の自分の個室にわたしを案内し、理想の家の間取りを見せてくれた。描かれていたのは、螺旋階段がある広々とした洋館だった。もっと、夢のある世界のことだったのだ。

「マスダさんも、家の絵を描くのが好きなんやって」

おやつを持ってきてくれた彼女の母親にそう紹介され、わたしは恥ずかしくて身の置き所がなかった。

さて、折り込みチラシ間取り鑑賞である。

間取りは、マンションでも一軒家でも、どちらでもかまわない。さらには、新築でも中古でも可だ。それぞれに、味わいがある。

特に、中古の一軒家が売りに出ていると心が浮き立つ。

それが、建て売りではなく注文住宅で、さらに「築浅」だったりすると、わたしの頭の中で、ちょっとした再現ドラマが始まる。

注文住宅ということは、建築家とのやりとりからはじまった家であるはず。どんな家を建てたいのか、そこでどういう暮らしをしたいのか。

ヒントになる建築本を買い込み、インテリアの写真をスクラップする日々。ときには家族内で意見が合わず、喧嘩もしただろう。

漆喰の壁がよかったのに。

フローリングは濃い茶色の木がよかったのに。

ハンモックを吊るすのが夢だったのに。

ずっと土間に憧れていたのに。

様々な理由から、自分の意見がほとんど通っていないことに気づいた家族の誰かが、

「タイルの色だけは譲れないから！」

とうとう、夜中に泣き叫ぶ。本当は洗面所のタイルにこだわりなどないというのに

……。

高額な買い物である。モメて当たり前なのだ。自分の人生について、思うこともあったろう。ここで最期を迎えるつもりで人は家を建てるのだから。

そんなこんなで、やっと完成した我が家。どんなに晴れやかな気持ちだったか。

なのに「築浅」で手放す日が、この一家には刻々と迫っているのである。無念だ。

いや、宝くじが当たり、新たに豪邸を建てることも考えられる。漆喰も、フローリングも、ハンモックも、土間も。ふるい落としたものを取り戻す夢の家だ。

中古物件の間取り図を見つめながら、わたしはそこで繰り広げられてきた物語を感じ、しみじみとコーヒーを飲み終えるのである。

飲み会の帰り道
不動産屋の間取りを見る
余白の時間

テレビ欄の確認

その昔、我が家のチャンネル権は、父だけのものだった。

プロ野球、高校野球、将棋や囲碁、相撲、競馬中継、マラソン中継。

父が選ぶ番組は、どれも小学生の姉妹には興味がないものばかり。

でも、テレビは見たい。小さな妹と並んで、仕方なく将棋対局なんかも見ていた。

対局中の唯一の楽しみは、時計係の女性が秒読みを開始するところだった。とても冷たい声に聞こえた。

「ゆっくり数えてあげればいいのに！」

将棋盤の前で難しい顔をしている棋士たちが気の毒でならなかった。

そのくせ、彼らが苦しんでいる姿も見たいのである。

「いつもより早口で数えたらおもしろいのにな」

意地悪な心も育てながら、人は大人になっていく。


ジュディ・オングの「魅せられて」が大ヒットしたのは一九七九年。

彼女が鳥の翼のようにドレスの袖を広げて歌うところも話題になった。

小学校では、男子たちが教室にぶらさがっているカーテンを使い、「魅せられて」の衣装をまねて笑いをとっていた。

あのヒラヒラの翼が見たい！

父が早く寝た夜には歌番組も見られたが、彼が寝る部屋は居間であり、テレビは居間にしかなかった。暗がりの中、父の布団のそばで息を潜めて見たものだった。

いつか、自由にテレビが見られるようになりたいなぁ。

あの頃のわたしは、テレビほどおもしろいものを知らなかった。


大人になり、実家を出たとたん、テレビ欄はわたしの前にひざまずいた。

「さぁ、どんな番組でもご覧ください」

さすがに一日中テレビの前というわけにもいかないし、見るのは夜の数時間だが、それでも、わたしは毎日、新聞のテレビ欄を隅々まで確認する。どれを見てもよいという幸せを、子供時代のわたしのために噛み締めてあげたいのだった。

ちなみに、この原稿を書いている今日は、二〇一六年三月一四日の午後。テレビ欄に目を通したばかりだ。通すというより、「読んだ」に近い。

ゴールデンタイムに、大好きな「しくじり先生」がある。一度落ち目になってしまった芸能人が先生となり、同じ過ちを繰り返さないよう教えを説く、というステキな番組だ。外出の予定があるので録画しておいた。録画した番組も、チャンネル権のひとつだ。いつだって再生できる。

すでに放送時間が過ぎている番組までチェックするのがクセになっている。であるからして、「徹子の部屋」ゲストも確認済み。

夕方のニュースの内容も見比べた。特に食べ物の特集。日テレは、激ウマ喫茶店グルメ。テレ朝は、日米激うまグルメ天国。ＴＢＳは、六〇〇個完売の下町パン。録画まではしないが、見るとしたら下町パンだなぁと、心の中で選んでいる。

子供のころ、欲しくて欲しくってたまらなかったチャンネル権。

しかし、手に入れたからといって、安心はできない。いつ失うかわからない儚い権利だ。

病院に入院すれば消灯時間もあろう。老人ホームのリビングで、この権利をめぐっての争奪戦に巻き込まれる可能性だってある。なんだって見られる今に感謝し、これからもテレビ欄に向き合うつもりである。

目の前に広がる
テレビ欄の海も
いつひからびるか わからない

キーホルダーの確認

女子高生たちの

バッグにぶら下がっている

様々なキーホルダー

中には

めちゃくちゃデカいのとか

それは、もう
でかっ

いろいろあるわけですが
家用のサイズやで……

意味もなく
ぶら下がっているものは
ひとつもなく

これをぶら下げて
いる

〝それが、わたしだ〟

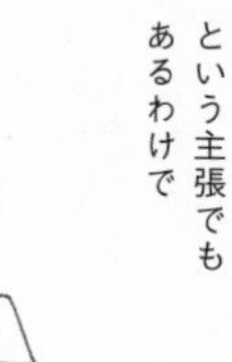
という主張でも
あるわけで
見てー

オトナである
わたしは

その心づもりで彼女
たちのキーホルダーを
ながめ

そして、振り返って
確認するのです

あのころの
自分自身を

「パネルクイズ　アタック25」の確認

一九五三年にスタートした「ジェスチャー」（当初は「家庭ゲームゼスチュアー」）は、その名の通りジェスチャーを見て、各チームが正解を言い当てるクイズ番組だったそうな。

なんだか、明るい気持ちになってしまった。日本の初期のクイズ番組は人間の想像力を競い合うものだったのだ。

過去の放送をネットで探してみたところ出てきた。ジェスチャー問題は、例えばこんな感じ。

「外国人観光客に親切にしたらプロポーズされ、あわててことわっているバスガイド」

これをチームの代表者がジェスチャーし、残りの者たちが力を合わせて答えていた。『テレビ50年――あの日あの時、そして未来へ』という本にも、当時のジェスチャー問題がいくつか載っていた。

「金を借りるたびに、シキイが高くなるので、ハシゴをかけて越している男」

「野良ネコに催眠術をかけて魚をとりあげ、ごはんのおカズにしているひとりもの」

そこそこ長い。長い上に、起こり得ないことがお題になっている。こんなのを身振り手振りで伝えられるのなら、たいしたものである。

ふと、思う。

学校の教科にジェスチャーを加えるのはどうだろう？　英語教育は確かに大切だ。しかしながら、身振り手振りもまた、この世を生き抜くためには重要なのではあるまいか。

昔、友達とスペイン旅行をしたとき、ホテル側の手違いでトラブルが発生。苦情を言おうにも、向こうもこちらも英語ができない。

「ホテルのフラメンコショーを無料で見せてくれたら、引き下がろうではないか」

そんなジェスチャーをフロントでやってみせたところ、通じたうえに、受け入れられた。表現力と度胸を身につけるという意味では、授業に取り入れるのは悪くない気がする。

とはいえ、クラスメイトの前では、ちと、ハードルが高いか。「フラメンコショー」のジェスチャーは、当然、踊ってみせなければならないのだし……。


さて、「ジェスチャー」からのんびりスタートした日本のクイズ番組も、今では教養を競い合うタイプが主流。より多くの知識を持つ者が、クイズ番組を制することになっている。

そんな中、長寿番組「パネルクイズ　アタック25」は、知識を競い合いつつも、それだけでは決して勝利しないのが味わい深い。

番組四〇周年を記念してつくられた『パネルクイズ アタック25公式ファンブック』に、ルールの説明が端的に記されていた。

「赤・緑・青・白の席に座った四人による早押しクイズ。クイズに正解するとパネルを一枚獲得。ほかの人がパネルを自分のパネルではさむと自分のものになる」

パネルをひっくり返して自分の色にするのは、オセロゲームから発想を得たのだという。

毎週日曜日、午後。

家にいるときは、「パネルクイズ　アタック25」を必ず見ている。長年、児玉清さんが司会をされていたが、現在は谷原章介さんだ（二〇二一年秋に番組終了）。

たくさん答えた人がサクサクと勝利する日もあれば、ほとんど答えていない人が、みんなのパネルをひょいっと返して勝つ日もある。

公式ブックによると、優勝者の最少正解数は三問とのこと。

「クイズで遅れをとっても、効果的なパネルとりと展開による運が味方すれば、優勝することができる」

説明を読んでいるだけで、なんだかちょっと慰められている。出遅れたって、わたしたちは挽回可能なんだよ、ね？

とはいえ、少ない解答数で勝った人が、最終問題でしくじって海外旅行を逃すと、

「ほら〜、そんなに甘くないのだよ〜」

不人情にもなり、けれど、まったく同じ状況でも、

「残念だったね……がんばったのにね、わたし、応援してたんだよ」

むくむくと情が湧いてくることも。おそらく、そうさせるなにかをその解答者が持っているのだろう。彼、あるいは彼女は、現実世界でも、愛されキャラに違いない。

三六年間司会を務められた児玉清さんは、最後の闘病生活を送られているときも、「三段切り」という、新しいパネル攻略法を考えられていたそうだ。公式ブックには、病床での手描きのメモの写真もあった。児玉さんの真面目な働き方、生き方に頭が下がる思いである。

子どもの頃からこの番組が好きだったが、近年、ますます好きになっている。もはやクイズ番組を超越し、悟り番組に近づきつつあるのだが、解答者たちが、一パネル獲得につき一万円もらって帰れるという現実的な感じもまた、清々しいのだった。

番組の最後に
出演者たちが
チラッと出てくるの
まで確認

ボーーッ

エンドロールの確認

映画は映画館で観るほうが多い。

家のビデオだと落ち着かないのである。

「あ、チョコレート取ってこよ。メールもしとかないと、あと、トイレも」

つい、立ち上がってうろうろしてしまう。

そのせいで時間がかかりすぎ、最終的には二倍速で観てしまうことも……。

わかってはいたけど、どんな感動巨編でも、倍速だとまったく胸に響いてこないのだった。

近年、わたしが映画館に通いはじめたのは、コンプレックスからというのもある。

多感な年頃に、たくさんの映画に触れてこなかった気後れである。

映画に明るい人はカッコいい。

そんな人間だと思われたい、という邪心がわたしにはある。

しかし、今からビデオで名画を学ぼうにも、二倍速の壁が立ちはだかっているし、ならば映画館で新作を観て、それらが古典になっていくのを気長に待つ作戦である。


映画といえば、あの監督は誰だったのか。

ずいぶん前の話である。東京のうどん屋でカレーうどんを食べていたら団体客が入ってきた。三〇人近くいただろうか。手にしている機材から、何かの撮影班であるのがわかった。

「監督」と呼ばれている人がいた。当時のわたしには、おじいさんに見えた。鋭い眼をした人だった。

しばらくして、若い男がひとり、わたしの席にやってきた。午後三時のうどん屋。他に客は、わたしだけ。

「このあと、焼き鳥屋でうちあげなんですけど、一緒にどうですか?」

驚いて、「え、知らない人が参加していいんですか?」と聞くと、よいと言う。背後からやってきた先輩らしき男に、彼はすぐに引っぱられていった。

はたして、あのおじいさんは映画監督だったのだろうか。

わたしが二倍速で観た名画の監督だったりして?

と思うと、自分の映画音痴が恨めしい。

話は戻り、映画館での映画鑑賞である。

見終わるとエンドロールが流れはじめる。その瞬間、とっとと帰って行く人々がいる。

確かに、エンドロールは手持ち無沙汰だ。ハリウッド映画などは、すさまじい長さである。アルファベットの羅列をひたすら眺め、館内が明るくなるのを待つあの時間。帰りたいなぁ、エレベーターもぎゅうぎゅうになるしなぁ。

しかしながら、エンドロールが流れ終わったあとに「おまけ」映像がついてくる場合があるから油断できない。

終わったと思ったでしょ?　まだあるんですよ!

制作サイドからのサプライズ。辛抱強く座っていた者たちへのご褒美である。早々に席を立った人が、それを通路で振り返って観ている姿に優越感すら湧いてくる。

そーれ、みたことか。

自分で言うのもなんだが、こんなくだらない優越感を他人に持たれるのかと思うと、「おまけ」がないことを確認するまで、わたしは立ち上がれないのだった。

いや、これはご褒美などではなく、定期的に鳴らされている警鐘なのかもしれない。急いては事を仕損ずる。短気は損気。果報は寝て待て。石の上にも三年。待てば海路の日和あり。

「待つ」に重きをおいた多くの教訓。

そうなのだ。

わたしたちは、急ぎすぎている。

飛行機が到着したときのことを思い出して欲しい。ランプが消えぬうちから、ガチャガチャとシートベルトを外し、ランプが消えれば、血眼になって手荷物を下ろし始める。そういうわたしも、毎度、前後左右の人々との小競り合いを繰り広げているわけである。

どうしたというのだ。老若男女のあの剣幕。どんどん激化している気がする。まるで、うちの近所の神社の、秋祭り恒例「餅まき」くらいの殺気である（超怖い）。

映画業界を見習って、飛行機もサプライズを考えてはどうだろう。到着後、機長の小ばなしが流れてくるとか。いらないか。

とにかく、我々はもっと落ち着いたほうがいい。

手荷物はゆっくり下ろし、エンドロールが終わるのを待ち、わたしは名画を二倍速で観るの禁止である。

エンドロールで帰っていく人を
どこかでカッコいいと
思っている
わたしって、

まーまー
ダサいのか??

サッ

カップルの確認

時々、見かけませんか

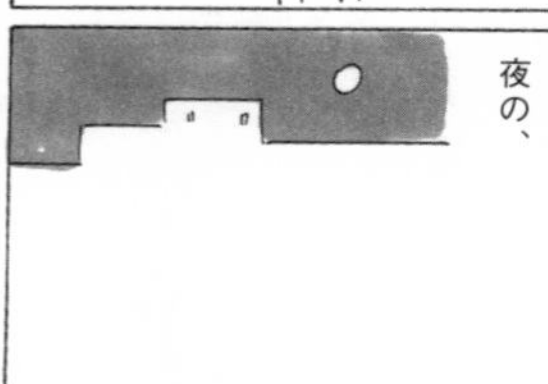
夜の、

駅の改札口、

柱のあたりなんかで
ん？、

無言で立っている
カップル

ちょっとしたケンカ
なのか、

はたまた、別れ話なのか
はわかりませんが
発見

通り過ぎる人々の
ことなど
いいなぁ、と思う
いいなぁ、なつかしい
彼らはまったく
気にならず
ああいうことも
あったなぁ
なんて
自分たちの世界の
中で
ケンカさえまばゆく
感じて、つい見てしまう
ハーッ
キュンとくるー
静かにもめているのです
何分経過してんだろ
そういうことって
ないでしょうか
帰ろ
ピッ

宝塚の確認

宝塚ファンである友人、知人たちは、めちゃくちゃ忙しそうだ。公演チケットを入手するために日々奮闘しているようだし、お茶会と呼ばれる集いもあるらしい。ご贔屓の引退公演ともなれば、寝る間も惜しんで（お金は惜しまず）、観劇している様子。

このように憶測で語るわたしは、いわゆる「ヅカファン」ではないわけだけれど、宝塚の舞台が好き！　ヅカファンの友人・知人を頼りに、年に何度か東京、日比谷の劇場で観劇している。

宝塚観劇は、誰かと一緒のこともあるが、基本、単独で行くのが好み。ひとり余韻に浸りながら劇場を後にし、カフェに入ってしばし放心する。そこまでが、わたしの宝塚観劇に組み込まれているのだった。

劇場にいる間も、いろいろとすることがあるので忙しい。

東京宝塚劇場の二階には、セルフサービスのカフェコーナーがある。まずは、開演前にそちらで腹ごしらえ……をしている人々を確認せねばならない。

カフェに設置されている丸テーブルに椅子はなく、立食スタイル。売店で買ったものを、食べたり飲んだりできるようになっているのだが、持参したものを食しているお客さんもちらほら。それが意外に、コンビニのおにぎりや菓子パンだったりして気負いがないのだ。

夢の世界に入る前の、超現実的な腹ごしらえ。日常に宝塚が溶け込んでいるからこその選択。わたしのように、「せっかく電車で日比谷まで出るのだし」と、グルメ本を開き、「劇場近くにピザトースト発祥の店がある！」などと立ち寄ってから行く「お出かけ感」など、真のヅカファンには邪道であろう。

観劇前はパパパッとコンビニで買えるもので十分。

そんなこなれた開演前の風景を確認するたびに、わたしは、いつもシビれてしまうのだ。

おそらくそれは、なにかに心底ハマったことがない人(わたし)特有の憧れ。熱狂的なファンになる、という夢が叶わないまま生きてきた。そういう性分なのだとあきらめてはいるのだけれど、そのぶん、年々、ファン体質の人への憧れが増している。一生に一度くらい、誰かの、あるいはなにか(球団やサッカーチーム含む)の熱心なファンになって燃え上がってみたいものだと思う。

という話を仕事先の女性にしたところ、

「わたしもファンになる感覚がずっとなかったんですが、突然、ジャニーズにハマったんですよ! 雷に打たれたみたいに」

ということは、わたしにもいつか雷が……という淡い期待は湧いたのだが、とにかく、今のところは「好き」の先にある扉を押し開けられぬままの宝塚である。

さて、宝塚のカフェコーナーといえば、劇場でしか食べられない公演限定スイーツもチェックポイント。

公演の演目が変わるたびに、カフェのスイーツも一新する。そして、なぜかそのスイーツのネーミングが「おもしろ」なのだ。

たとえば、一番最近行った『エリザベート—愛と死の輪舞（ロンド）—』のデザートに付けられた名は、「最後のダンゴは俺のもの♪」。完全なるダジャレ。されど、白玉の上にチョコレートプリンや、あんずジャムがのっかっていて、結構、手が込んだものだ（食べてないけど）。

ネットで検索してみれば、過去の公演限定スイーツがたくさん紹介されていた。『白夜の誓い—グスタフⅢ世、誇り高き王の戦い—』の公演限定スイーツは、「白夜のチーズかい？」。チーズケーキ系のスイーツのようだが、誓い、と、チーズかい？が結びつくまで多少の時間がかかってしまった。『1789—バスティーユの恋人たち—』の公演スイーツに関しては、なんだかすごいことになっていた。その名も、「1789—イイナパクパク—」。イイナパクパク？

しかし、すべてが計算済みなのだ。一幕目が終わり、気分が高揚している幕間に食べるものといえば、このくらい浮かれたスイーツでないとバランスが取れない。今後も公演限定スイーツから目が離せそうにない。

でもって、宝塚観劇において、わたしがもっとも惹き付けられ、楽しみにしていること。

それは、恋に落ちる瞬間、である。

美しいトップスターと美しい娘役。ふたりが見つめ合い、今、まさに恋に落ちました、とわかりやすく教えられるシーンに、毎度、毎度、胸が熱くなるのだった。

ああ、知っている、この気持ち。

むろん、わたしの恋が宝塚のようにキラめいていたはずはないのだけれども、我が人生においては眩い思い出。あの腕がこそばゆくなるような感覚を忘れていないことに安堵する。

恋に落ちるシーンには華がある。

それが豪華絢爛である宝塚ならば、なお華々しい。美しいから泣けてくる。美しすぎるせいでこぼれた涙の成分を、科学者たちは調べたことはあるのだろうか？　とてつもない免疫力が宿っているのではないかと思うんだけど、いかがなものか。

公演終了後に流れる
『さよなら皆様』という曲を、

ステキ……

吸い込むようにして
劇場を去ります

ちょうちょの確認

ちょうちょ

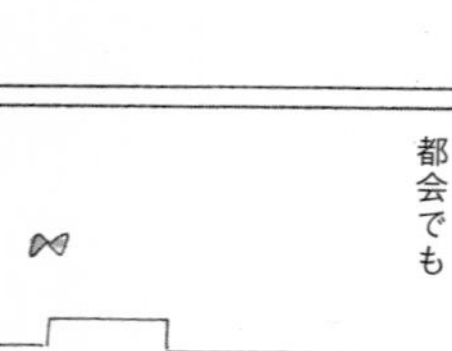

なにかを奏でている
そんな風にも
見えるのでした
ちょうちょに出会うと
そのちょうちょが
視界から消えるまで
見届けたい
と、思う気持ちは
なんなのでしょう？
消えた
つかの間、ちょうちょの
気持ちになり
〝どこかへ飛んでいく
自分〟を楽しんでいる
のかもしれません

一〇〇円ショップの確認

一難去ってまた一難、みたいな憂鬱な日の夕暮れ。

調べ物があって図書館に行くと休館日だった。

ああ、「わたし」が世界からはじき飛ばされているようだ。

誰もいない図書館の前、自転車にまたがったまま、夕焼けを見た。いつもなら眺める夕焼けを、ただ、見たのである。

せっかく着替えて出てきたのだし、まっすぐ家に帰るのも惜しい。お茶でもするかと自転車を漕ぎつつ駅前に向かう。途中、仕事で使うクリアファイルが切れていたのを思い出し、一転、巨大一〇〇円ショップを目指したのだった。

店内に入る。ツンとしたビニールのような匂い。冷房がきいた店内には、ないものがないいんじゃないか、と思わせるほどの商品が整理整頓されて並べてある。ものない暮らしがブームのようだが、一〇〇円ショップの陳列棚を見ていると、これはこれでなんかきれい、という気になってくる。

クリアファイルを買いに来た。わかっている。しかし、他になにも見ないで帰ることなどできようか？　どんなものまで一〇〇円なのかを確認したい気持ちでうずうずする。

まずは、入り口の季節のコーナー。虫関係がにぎわっていた。子供たちが好きなカブト虫やクワガタ虫のご飯「虫ゼリー」が並んでいる。わたしも小学生のときにクワガタ虫、いや、カブト虫だったか？　とにかく黒くて硬そうな虫を夏の間飼っていた。むろん、エサは人間が食べ終えたスイカの皮のみ。普段より、ちょっと赤い部分を残して「おいてあげたよ」という上から目線で、与えていた気がする。今は一〇〇均の「虫ゼリー」のほうがスイカの皮より安上がりなのかもしれない。

別の棚。ネイルショップさながらのラインナップでマニキュアがずらり。わたしが中学生なら、おこづかいで買うのだろうなぁと眺める。

夏休み、濃いめのピンクのマニキュアをこっそり塗ったときのドキドキ感。当時よく飲んだ炭酸水の甘ったるさまでがよみがえってくる。

一〇〇円ショップの男性用コーナーの充実には、目を見張るものがある。靴まではなかったものの、ベルト、ワイシャツ、パンツ、靴下。種類も豊富で選べるほど。冠婚葬祭用のネクタイはゴム付きで、結ばずとも首からひょいっとかけられるアイデア商品。これも一〇〇円なんだ、すごいなぁと歩いていると、プール用品もなかなかだった。ゴーグルも一〇〇円、スイミングキャップも一〇〇円。へぇ、これも一〇〇円ねぇ、へぇ。

広い店内には親子連れも多く、子供たちがおもちゃコーナーで「買って買って」とせがんでいる。意外に「ダメ」と言われている子も多く、一〇〇円だからといってなんでも買い与えているわけではないことが判明した。

つづいてお掃除コーナー。トイレをゴシゴシするブラシだけで六種類もある。中にはブラシの柄に鏡がついているものもあり、見えにくいフチ裏もこれならバッチリ。でも、ちょっと見たくないような気も……。

さてさて、お目当てのクリアファイルコーナーへ。

すごいファイルを見つけてしまった。世界の名画ファイルである。ゴッホもある、クリムトもある、フェルメールまで。

フェルメールはこの事実を知ったらどう思うのだろう？

自分の絵が一〇〇円のファイルになって日本の店頭に並んでいる。フェルメールのクリアファイルに入れる資料とはいかなるものか。なにを入れてもらったなら、フェルメールは納得するのだろう？

な〜んてことを思いながら店内をうろついていた約三〇分間。

わたしは、自分に降り掛かっている面倒な案件のすべてを忘れ、ただただ一〇〇円商品のことだけを考えていられたのである。

なにもない場所より、ありすぎる場所のほうが逃避できる。案外、そういうものなのかもしれなかった。

100円ショップ
なにに 使うのか わからないけれど
なにかに 使いたくて 欲しくなる

家？

そういう 商品の
カテゴリーが あります

無印良品の確認

たとえば、待ち合わせの時間まであと一五分。お茶するには、ちと足りないし、コンビニに滞在するには、ちと長い。そんなとき、無印良品の煉瓦色の看板が見えると、ほっとする。

無印良品、入店。

全体的にスモーキーな色使い、民族楽器を使ったような音楽、客の歩く速度、店員の所作。からだの中に、一瞬にして無印良品的なものが入り込んでくる。

思えば、あの頃から変わっていない気がする。

わたしの高校時代だからずいぶん前の話になるのだが、地元に無印良品ができた。

まだよく名前も知られておらず、しかし、一歩足を踏み入れると不思議な空気にからめとられた。なんなのだろう、この店は？

当時の無印良品の商品で記憶に残っているのはノートである。

学校でじわじわ話題になっていた。無地の茶色い表紙。厚紙のようなそっけなさ。

「あの店、ノート安いで」

全然、かわいくないノートだけど節約になるから買う。そんな位置づけだったのに、ビンボー印。最初は、みな、ふざけてそう呼んでいたほどである。

シールを貼ってオリジナルのノートを作る子が出てきた。次第に愛用者が増え、ビンボー印とは呼ばなくなっていった。


家に帰る前、ちょっと運動でもしていくか、と無印良品の店内を歩き回ることもある。もはや、軽いジム代わりにもなっている。

商品をひとつひとつ眺めながらのウォーキング。

これ知ってる、買ったことある、これも知ってる、買ったことある。

過去に買ったものを、なんとはなしに確認しているわたしがいる。

ポリプロピレンの収納ケースは、これまで何個買ってきたかわからない。引っ越しのたび、押し入れのサイズに合わせて買い替えてきた。今もいくつか使っているけれど、我が人生において収納してきた多くの物が、思い出とともに無印良品のポリプロピレン収納ケースごと心の中に積まれている。そんな気すらする。

あとはなんだろう、パルプボードのボックスも何個も買って組み立ててきたっけ。カーテンもさまざまなサイズのを購入した。スリッパ、姿見、クッション、布団に枕。手放したものも数多くあるが、この店がなかったら、わたしはどこで代用のものを買っていたのだろうと思う。

これ知ってる、買ったことある、これも知ってる、買ったことある。

あれこれ確認しつつ、その中に新商品を見つけると、

「ふむふむ、がんばって開発しておるのだな」

長年の顧客ゆえの妙な上から目線に。

顧客どころか、少しの間だったけれど、昔、無印良品でアルバイトしたこともあった。

出勤し、売り場に出る前は、必ず発声練習があった。「いらっしゃいませ」とか、

「ありがとうございました」とか。

その中に、「ウイスキー」というのがあった。

「ウイスキー」

「キー」のときに笑った口元になるから、笑顔の練習だったのかもしれない。今も「ウイスキー」が、あるのかないのかはわからないけれど、ごくたまに、あれ？ 今日、わたし、まだ笑ってない？ という夕暮れ時。パソコンの前で、「ウイスキー」と、口パクでやってみることがある。

無印良品、これからも、なんやかんやと利用していくことだろう。ゆくゆくは、こざっぱりしたデザインの介護用品もラインナップされるに違いない。わたしはそれらのものを利用しつつ、散歩がてら、ゆっくりと店に向かうのかもしれなかった。

今日ではなく
いつか
いつか買うかもしれない
ものがたくさんある
それが無印良品

電車の中の確認

わかっているんです

もうあと少し、

そうですね、
30分ほどすれば

家に到着して
いるんです

しかも、
たいしたものでも
ないんです

と、いうか

毎年、同じシリーズの
ものを使っているので

目新しさなど全然ないんです
うん、ない
なのに、
なぜなのでしょう？
電車の中で
さっき買ったものを見てみたくなるのは……
新しいスケジュール帳
すると、向いに座っていた男性も
電機屋の紙袋からなにやら出してながめていたのでした
な〜んか確認したくなるんだよねぇ

ファストファッションの確認

ＤＣブランドブーム、という言葉を耳にすると、ふて腐れた態度を取りたくなる。いまだに、あのブームを水に流せないでいるのだ。

八〇年代。バブルと呼ばれた時代である。当時、わたしは高校生だったが、バイト先のパン屋の時給は五〇〇円程度。月々のおこづかいが五〇〇〇円。親が万札をかざしてタクシーをとめた、というエピソードもなく、バブルはテレビの中のできごとだった。

にもかかわらずの、ＤＣブランドブームなのである。

どうということもない白いペッラペラの長袖シャツも、人気ブランドのタグがついていれば一万円。それを奪い合うように買っていた。別に白いシャツが欲しかったわけではなく、それが一番安かったからなのだが、そういう悲しい買い物の仕方をしていた自分にも、モヤモヤが晴れぬままなのである。

高校の修学旅行は、私服を披露するためのステージでもあった。

DCブランドの服以外はダサい。めちゃくちゃ狭い了見のもと、わたしたちはステージ衣装に頭を悩ませた。悩んでいるだけではどうにもならず、みなバイトに精を出した。

スーパーのレジ打ちをしているクラスメイトも多かった。バーコードで「ピッ」以前なので、値段はすべて手打ち。友人たちはノートにレジの絵（値段を打ち込む数字のところ）を描き、授業中も指の動かし方の特訓をしていたものだった。

「1」は親指で打つと速い。

友の名言が忘れられない。

でもって、修学旅行当日。バイト代をはたいて買ったブランドのロゴ入りトレーナーが自分に似合っていたのかは不明だ。わたしは手が長いので、おそらくサイズが合っていなかったはず。

しかし、それは些細なことだった。ＤＣブランドなのかどうかが重要だったのだから……。

時は流れ、ファストファッションなる店がどかどか街にできている。安くて、気軽に着られて、デザイン性も高く、商品のサイクルも早い。二〇〇八年に日本に上陸した、スウェーデン生まれのＨ＆Ｍが、火付け役のようだ。

渋谷のＨ＆Ｍの前を通るとき、色とりどりの洋服がガラス越しに見える。

「きれいだなぁ」

夜などは、ライトアップに思わず見入ってしまうほど。

今夜、この中にわたしの欲しいものが、あるのかもしれない。

ふいにそんな気持ちになり、デパ地下で晩のおかずを買うつもりの時間配分で書店から出て来たくせに、ふらふらとＨ＆Ｍに吸い寄せられて行く。

どの人が店員なのかはパッと見、わからない。客かと思っていた人が店員で、大量の服を持っているから店員だろうとふんでいたら、客なのである。

いらっしゃいませ、と言われることなど、誰も期待していない。

「自分ちの巨大なクローゼットで、明日の服を選んでいるだーけ」

客はそんな素の顔で、手にした服を鏡の前でとっかえひっかえしている。ハウスマヌカン時代に受けたヒリヒリした接客をいまだ根に持っている身としては、この軽やかさが眩しい。

ぱっと目を引く派手なプリント柄のワンピース。

襟元に凝ったヒラヒラがついたクラシックなブラウス。

袖がパックリと割れ肩があらわになるちょっとセクシーなカットソー。

値札を見ると三〇〇〇～四〇〇〇円程度。サイズ展開も小刻みで、ずらりと並べてかけてあるので、奥から出してきてもらう手間もない。

わたしは、幾何学模様のブラウスなど手にしつつ、こういうのでよかったんだよなあ、といつも思うのだった。

自分に似合う服など、よくわからなかった一七歳のわたし。

「ね、これどお?」

と、はしゃぎながら、友人たちとあれこれ試着し、一番似合う服を選んで着たかった。テレビの中のバブルは、あの頃、高校生だったわたしたちに、洋服を選ぶ楽しさを教えてはくれなかった。

少ないおこづかいだって、いろいろ買えるんだね、服を選ぶって楽しいんだね。

時空を超え、脳内の「一七歳のわたし」がＨ＆Ｍの中をうろうろしている。

これと、
これと、
これと、
まだ1万円じゃ
ない?
完成図
30年前の自分

ショッピングカタログの確認

世界を渡り歩く人の
スーツケースとか
もはや
タンスやん
へー
もしかしたら
この大空で
今のわたしに必要な
ものに出合えるかも
しれない……
という、前向きな
気持ちがなくは
ないですが、
まあ、でも
まだかなー
ヒマだから、
手に取るんですよね、
みんな
うどんも
売ってる

片付け本の確認

飲んだ帰り道。

もう少しさまよっていたくて、深夜、TSUTAYAの書店に吸い込まれるように入って行く。

こういう夜は写真がいっぱいある本をながめたい。

美容や料理の本をぱらぱらとめくり、やらないであろうメイクや、つくらないであろうオシャレな料理のレシピに視線を落とす。

しかし、一番見たいのはその先の棚にあった。

片付け本のコーナーである。

ここ最近、かなりのスペースを陣取っているこのコーナー。収納法、整理整頓の仕方。「持たない暮らし」系の書籍の数々。

大好きだ、見るのが。

このコーナーがなかったとき、ここにはどんな本が並んでいたのだろう？

とにかく充実の品ぞろえである。

ものを持たない暮らしの人々の部屋の写真をゆっくりと確認する。

「ないなぁ」

と、思う。

「もっとなくせるのではないかな」

とも思う。

「がんばって、もっともっとものを減らして欲しい」

とまで思っている自分がいて、それはなぜなのだろう？

他人の家がすっきりと片付いているのを見て、気持ちがいいと思う不思議な気持ち。

別にわたしの部屋がしっちゃかめっちゃかというわけでもなく、わりあい片付いているのだけれど、「もののない家」とは言えぬほどにはものがある。

わたしはその種の本をめくるとき、一体、なにを楽しんでいるのか。

ある夜、考えてみたのである。

はたと思った。

映画を見ている感覚に近いのではあるまいか。

片付け本は映画のワンシーンのようなもの。

わたしはきれいに片付いた写真のお宅に、映画を見ているときのように入り込み、

「服が少ないと、やっぱり見やすいわぁ」

と、クローゼットを見て喜び、

「食器ってこれだけあればいいのよねぇ」

と、台所に立っている。すっかりその部屋の住人になりきっているのである。

毎日毎日、わたしは、わたしでしかない。

自分のしでかしたことは、自分で背負うしかなく、他の誰とも入れ替われない。しばし、その荷を降ろし、片付け本の中のな〜んもない部屋で、

「な〜んもないいなぁ」

ほっこりしたくなる夜もある。

そういえば、人とたくさん会った日ほど、別れてからひとり映画に寄って帰ることも多い。いったん、別世界で休んでいきたい気持ちとでも言おうか。

そう思って、隣りで片付け本を立ち読みしている女の子を盗み見してみれば、彼女もまた、隣りにいながら、隣りにはいないのかもしれない。

なんもなーい
しばしすべてを
放り出して
なにもない世界へ

京都駅新幹線改札内の確認

京都駅新幹線改札内の土産売り場は楽しい。楽しすぎて、降車した時も、乗車する前も、ここでウロウロするための時間、いわば確認の時間を用意している。

京都駅新幹線改札内。まず、ふたつあるカフェのうちのひとつ、「京下鴨　宝泉」で一休み。本店は、下鴨にあるようだが、まだ行ったことがない。あずきものを中心に、丹波の黒豆、栗などの和菓子が楽しめる。

いつも決まって食べるのは、「抹茶くず湯」。

メニューには、作り立てを出すので少々時間がかかるとある。

大丈夫。時間はある。とってある。改札内のカフェとは思えない、静かで落ち着いた店内で待つこと数分。

湯呑みほどの器に、木のふた。開けると深い緑色。抹茶がたっぷり使われているのが見てとれる。

熱々の抹茶味の葛に、丹波の大納言がのっている。大きくて立派なあずきだ。木のスプーンでそーっと口の中に運べば、

「わっ、葛～」

と、口に出したくなるほど、とろとろ。

高いけどやっぱ、おいしいわ。

と、これもいつも思うことである。

このメニューがない季節もある。秋に寄ったときはなかった。かわりに、季節限定の「栗しるこ」があった。これも知ってる。散々食べている。

この「栗しるこ」は、あずきのおしるこに栗が入っているのではなく、栗色のしるこ。栗そのものなのである。さらに、大粒の栗の甘露煮が二個も入っているのだった。

抹茶くず湯であれ、栗しるこであれ、おいしい、おいしい、と食べ終え店を出る。

次に、土産売り場の確認が残っている。

買わないけど見るのは、京小物。和柄の手鏡や手帳、ポーチ、かんざしや扇子。

もし、わたしが今、京都に到着したばかりの外国からの旅人であるなら、一体、何が欲しいだろう？

と、旅行者の視点でながめてみるのは愉快だ。海外旅行者たちは何を買うのかなぁと、付け回して観察するのもまた愉快。

小物を見たあとは、食べられるお土産。

最近、「生八つ橋」が大変なことになっている。抹茶、さくら、黒ごま味などの他に、チョコレート、チョコバナナ、ラムネ味まで登場し、若者化をはかっている。いろんな味が次から次から発売されるので、小さいサイズをあれこれ買い、友達への土産にしている。季節ものの栗味や焼き芋味の生八つ橋を買ってみたら好評だった。

京都駅新幹線改札内は、中央のエスカレーターをぐるりと囲むように土産屋が並んでいるので、回りやすいというのもいい。

土産屋に「蕎麦ぼうろ」があるかも確認する。素朴な焼き菓子なのだが、これが全国区のお菓子でないことを知ったのは、上京後であった。

マジかー。子供の頃から牛乳とともによく食べてきたものなのに。

これはいかんと、東京の友達に「蕎麦ぼうろ」を土産に買って帰ったところ、「おいしいね、でも知ってる味」

と言われ、ま、あるっちゃあるなと、妙に納得したのだった。

最後に寄るのは漬け物エリア。重たいので締めに買う。からし茄子、奈良漬け、しば漬け。たまに千枚漬け。買う店も決めている。たどり着きました、という感じか。

これでだいたい四〇分ほど。新幹線ならば、京都から名古屋に到着するくらいの時間じゃないかと考えれば、

「早よ帰れや！」

と、自分につっこみたくもなるのだけれど、やめられない。全国の人にすすめたい、京都駅新幹線改札内散歩である。

外国人観光客に
なったつもりで

キオスクの確認

駅のホーム

別に買いたいものが
ないときでも

KIOSK
キオスクの横を通ると

どんなもんが
あるんやろ

と、チラッと確認
してしまうのでした

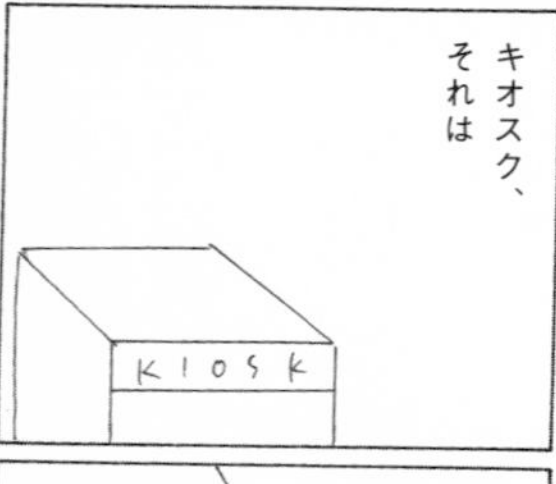
キオスク、
それは
KIOSK

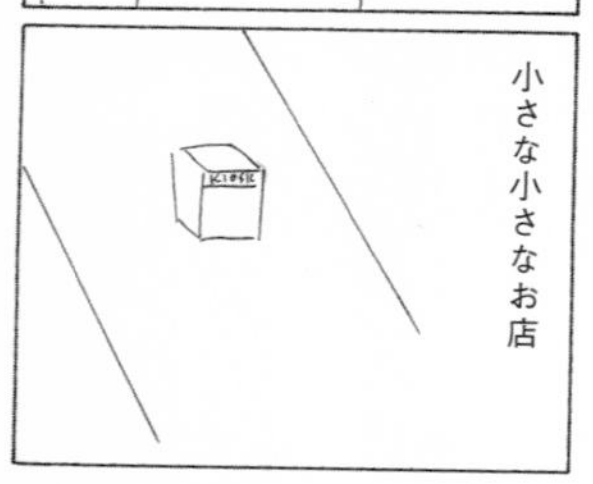
小さな小さなお店

であるのに、
KIOSK

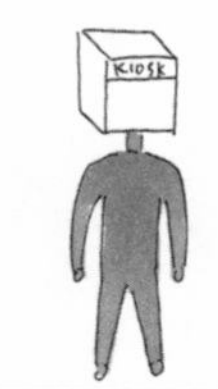
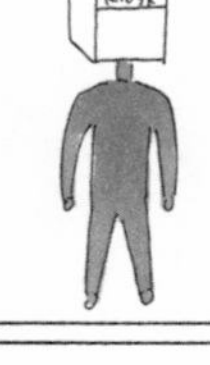
世間一般的に
「必要なもの」が
KIOSK

すべてそろっている
のです
KIOSK
すべて

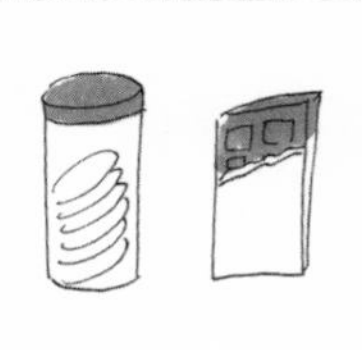
甘いものも
辛いものも

白いネクタイも
黒いネクタイも

想定内……

KIOSK
見すかされてる
安心感もある

カラオケの確認

初めてのカラオケは自宅だった。近所の人が機材を持っていて、一晩貸してあげる、という流れで我が家にカラオケセットがやってきたのである。確かわたしは高校生だった。いや、中学生だったかもしれない。

せっかくだし、ちょっと歌ってみるか。

こたつの天板にカラオケセットをスタンバイしつつも、家族で歌うことがどんどん恥ずかしくなっていったのを覚えている。

貨物列車のコンテナの中でカラオケをしたのは一八歳のときだった。

駅裏の空き地にすすけたコンテナが並べられ、「営業中」の旗が立った。

「あの中で歌えるらしいで」

近所でもすぐに話題になり、いろんな商売ができるんだなぁと感心したものだった。地元の同級生、女ばかり十数人で早速、歌いに行った。どれだけ騒いでも怒られないのも新しかった。そのような場所が、それ以前はどこにもなかったのである。

そんなこんなでカラオケ文化はがっつり定着。時代、時代でいろんな曲を歌ってきたが、最近はめっきりカラオケにも行かなくなった。たまに行っても、まわりまわって一〇代、二〇代の頃に歌った曲が中心になっている。

歌うことによって、わたしは確認しているのだなと思う。

ユーミンを歌いつつ、自分の心が過去にちゃんと引き戻されていくのかを知りたいのである。あのとき恋をしていた人のこと、将来が不安だった気持ち。細かな記憶は薄れても、輪郭は忘れないでいるのだろうか？　歌っている途中で思い出し、その懐かしさに安堵するのである。

つい先日、十数年ぶりに、「時をかける少女」を歌ってみたら、京都の街の空気がよみがえってきた。

京都の学校に通っていたので、河原町で遊ぶことも多かった。地元の友達に連れられ、カラオケ店にも行った。

そこそこ広い店内。中央には小さいながらもステージがあった。紙に曲名と名前を書いて係の人に渡しておけば、司会者が名前を呼び、客はステージに上がって歌うわけである。

その店でわたしは「時をかける少女」を歌ったことがあった。客席は超満員。同じ年頃の大学生のグループも多く、緊張でマイクを持つ手が震えたが、その初々しい震えと「時をかける少女」は絶妙だったのではないか。

夜中まで歌って表へ出た。夜が明ける前の鴨川沿いの道を友達と歩いた。空も川も薄青く、わたしはたった二回しかない短大生の夏の儚さを思ったのだった。

「あっ、この曲知らんとこあったんやった」
確認すべきやった
笑ってごまかそ
と、毎度、途中で思い出す曲があります
→
これも毎度のこと……

雨の確認

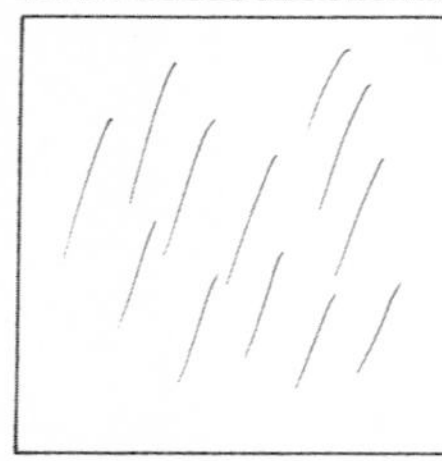
雨

部屋にいて

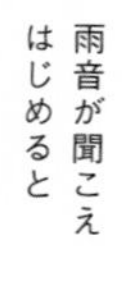
雨音が聞こえ
はじめると
あ

窓辺まで行って

確認してしまうのは
なぜなのでしょう

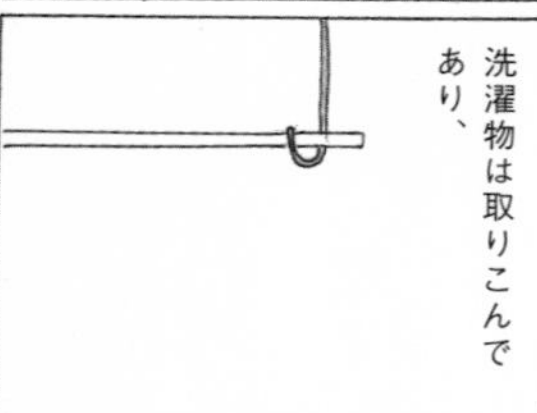
洗濯物は取りこんで
あり、

何を片づける必要も
ないときでも

雨が降りはじめると
見たくなる
道路が濡れて
濃い色に変わっていく
様子
風とは違う
木の葉の揺れ
空から
液体が落ちてくる
不思議
人間が、
すべての生き物が、
小さな存在であることを
確認しているのかも
しれません

トタンをたたく音や
かすかな雨の香り

海外旅行の確認

真夜中。

仕事が一段落したとき、ときどきふらっと海外旅行に出るのだった。

さて、どこに行こうか。

今夜はフィンランドにするか。

パソコンを立ち上げ、「ヘルシンキ地図」と検索。グーグルマップのストリートビューを選択すれば、瞬く間にヘルシンキ駅前に立っている。机の上の「どこでもドア」だ。

駅を仰ぎ見る。

美しい駅だ。高い時計台があり、正面口の出入り口には、大きな人（四人）が、ひとりひとつずつ地球儀みたいなのを手にしている像がある。

「博物館みた〜い」

観光客になりきって、しかし、真夜中である、口には出さず、心の中でつぶやく。ヘルシンキは過去に二度、旅したことがある。駅構内に、セルフサービスのカフェがあったので、できればそこでお茶したいが、ストリートビューは車が通る道しか進めない。一休みするのはあきらめる。

とにかく、一旦、ホテルに荷物を置きに行くとしよう。前回、泊まったホテルまでゆっくりと進む。

快晴だ。ストリートビューは空も見上げられる。

季節は夏の初めだろうか、道行く人の中には半袖の人もちらほら。右手には美術館。交差点を、えーっと、どっちに曲がるんだっけ？

と、ここで本物のガイドブックを本棚から出してくる。地図のページを開き、場所の確認だ。海外旅行中、という設定でとことん進むのが楽しい。

手元の地図をあっちこっちと回し見ながら、パソコン上の路地を曲がれば、ようやく到着、「ソコス・ホテルヘルシンキ」。チェックインを済ませ（たつもり）、早速、港のマーケットまで進んでいく。

そうそう、この道を進むんだよな、あ、待てよ、ちょっとアカデミア書店の前も通って、その後、マリメッコのショップに寄るとしよう。そのままま一っすぐ進めば港だし。

港へ出て、しばらく海をながめる。

過去に旅した場所を細々とチェックしながら、深夜のひとり旅。

チェコ・プラハの街も、飛んで行く場所のひとつだ。

おととしのクリスマスシーズンに、実際に友人たちと訪れているのだが、「人生でいちばん歩いた」くらい街中を歩いたので、見覚えのある景色が盛りだくさん。

カレル橋を渡る手前の道路、プラハ駅近くの古本屋街、老舗のビアホール。

行ったことのある場所を、もう一度見たくなるのはどうしてなんだろう？

旅先だけではなく、たとえば、通っていた高校の付近などにも、ストリートビューで出かけて行くことがある。

ああ、この道、覚えている。

授業中、ここの塀を友達と飛び越えて、喫茶店に行ったのだった。路地を曲がれば、お好み焼屋があったんだよな。ちょっと進んでみよう。

だからなんなのだ？

と思いつつも、記憶の断片が自分のからだに残っていることに安堵する。

「懐かしい」の感情は心地いい。

明日のことばかり、先のことばかり考えているときほど、懐かしいは、温かいのである。

真夜中に
モン・サン・ミシェルに
近づいていく
手ぶらで

桜の確認

振り返ってみれば、母と桜並木を歩いたのが、この春、もっとも花見らしい花見だった気がする。

ちょうど桜が咲く頃、関西での仕事があったので実家に寄った。

父と母とわたし。三人でテレビを見ながらの夜ごはん。五時半なので、正確には夜ではなく夕方である。こんな時間に夕飯を食べている状況をおもしろがっているのは娘だけで、老夫婦には、いつも通りの食卓なのだった。

「堤防の桜、今、満開やで」

と、母が言った。

「ワシ、まだ見てないなぁ」

と、茶をすする父。

「じゃあ、明日、ふらっと歩きに行こうよ」

と、わたしが言い、花見の話がまとまるのだが、そのメンバーに父は入っていない。父の「ワシ、まだ見てないなぁ」は、ただの感想として、妻と娘に受け流されており、詰まるところ、女ふたりで気楽に行きたいのだった。

翌日、わたしと母は連れ立って花見に出かけた。

「じゃ、お父さん、ちょっと行ってくるから」

玄関で、母が父に声をかけていた。「うん」と返事があったのかもしれない。わたしは、スニーカーを履き、もう外に出ていた。

堤防の桜は、母が言ったようにちょうど見頃。桜並木は二キロほどつづいていただろうか。

のどかだ。シートを広げ、お弁当を食べたり、昼寝をしたりしている人々がいるが、混んでいるということもない。

桜のトンネルをくぐりながら、ふたりでどうということもない会話をする。最近、父がテレビのコマーシャルで見たものを食べたがり、まるで子供だと母が呆れていた。

「おーい」

反対側の土手から声がかかる。母の友人たちが宴会をしているようだった。おいで、おいでと、みんなが手招きしていた。母は笑顔で手を振り返し、わたしは頭をペコリ。再び、母とふたりで桜並木を歩いて行く。わたしが帰省していなければ、母もあの宴会に参加していたのだろう。

毎年、春がくると、東京の桜の名所と呼ばれているところへ出かけずにはいられない。

今年は千鳥ヶ淵と、目黒川沿い。どちらも人であふれ返っていた。「立ち止まらないでくださーい！」という警備のアナウンスを浴びながら、

「今年もなんとか見られた……」

もはや確認のように桜を見上げていたのだった。

人生で、あと何回、桜が見られるだろう？

大人たちのセリフに、子供時代のわたしはポカンとしていた。

え？　何回でも見られるよ？　学校の行き帰りにもあるし、校庭にも咲いている。

なんなら、一度家に帰って、また見に行ってを繰り返せば、何百回でも見られるよ？

やがて月日は流れ、〈あと何回〉の意味もわかるようになり、そして、母とふたりで桜並木を歩いた春。

「お父さん、一緒に来たいって素直に言われへんのやろな」

と、わたし。母がなんと答えたのかは忘れてしまった。

「でも、お父さん来ると、気つかうしな」

わたしがつづけると、母は笑っていた。

毎年、桜を
見るのに
大忙しです

京都

見た

東京の名所

見た

沖縄

見た

秋田

見た

誕生日の確認

新しい年のカレンダー
1

自分の誕生日が

何曜日なのか、

ついい確認してしまうのでした
今年は金曜日か

おそらくそれは子供時代のなごりだと思われます

なぜ自分の誕生日の曜日が気になったのかというと

誕生日会があったからです
お友達何人呼ぶの
←母

子供は子供なりにいろいろ考えます
あの子呼んだらあの子も呼ばなあの子は呼んでくれたしでも、うちの家せまいし
自分の誕生日が何曜日なのか
平日なのか、日曜なのか
ふー
よくよく考えてみれば
それによって誕生日会のスタイルは変わってきます
今年平日でよかった
なんと平和な確認であろうか
父親がいる日曜日は気をつかうので、平日だとホッとしたものでした
クラスの子4人くる
そうかー
確認しつづけられる世であってほしいと願わずにはいられません

おわりに

家に帰る途中、
用もないのにコンビニに
寄ることってないですか？

コンビニ

スタスタ

雑誌、お菓子、
アイスクリーム

じーっ

文房具、化粧品、
ハンカチ

「軍手」まで確認している
ときもあります

なんで見るん？

買わんやろ

コンビニを出たあとの
わたし

コンビニ

気が済んだ

もはや
パトロール……

〝気が済む〟が簡単に
手に入るのがいいんだと
思います

益田ミリ

文庫版あとがき

いつもの散歩道。

いつもの商店街。

駄菓子屋前のガチャガチャコーナー。

「おいでおいで」

ガチャガチャがわたしにささやきかける。

「もう大人だから」

ピシャリと断ることもできるのに無下にできない。

気になる。あの小さな機械の中身。

ナニがガチャガチャできるのだ？

結局、確認しに行ってしまう。

「なるほど」

確認し、満足する。

日々の暮らし。
小さな満足もかき集めればそこそこ大きくなるだろう。
と思いながらのんびり歩いて家に帰る。

二〇二二年、秋　益田ミリ

【参考資料】

・たまごサンドの確認

『和食に恋して――和食文化考』(鳥居本幸代著・春秋社・二〇一五年)

『サンドイッチの歴史』(ビー・ウィルソン著・月谷真紀訳・原書房・二〇一五年)

『日本の食文化――「和食」の継承と食育』(江原絢子、石川尚子編著・アイ・ケイコーポレーション・二〇一六年)

・植木鉢の確認

『江戸の風俗事典』(石井明著・東京堂出版・二〇一六年)

『江戸庶民の楽しみ』(青木宏一郎著・中央公論新社・二〇〇六年)

・「パネルクイズ　アタック25」の確認

『テレビ50年――あの日あの時、そして未来へ』(NHKサービスセンター著・NHKサービスセンター・二〇〇三年)

『パネルクイズ アタック25公式ファンブック――読めば25倍面白くなる』(アタック25番組40周年特別委員会編・講談社・二〇一四年)

本書は、二〇一九年一一月筑摩書房より刊行されたものに、修正を行いました。

笑ってケッカッチン 阿川佐和子

ケッカッチンとは何ぞや。ふしぎなテレビ局での毎日。時間に追われながらも友あり旅ありおいしいものありのちょっといい人生。（阿川弘之）

あんな作家 こんな作家 どんな作家 阿川佐和子

聞き上手の著者が松本清張、吉行淳之介、田辺聖子、藤沢周平ら57人に取材した。その鮮やかな手口に思わず作家は胸の内を吐露。（清水義範）

男は語る 阿川佐和子

ある時は心臓を高鳴らせ、ある時はうろたえながら、12人の魅力あふれる作家の核心にアガワが迫る。「聞く力」の原点となる、初めてのインタビュー集。

「下り坂」繁盛記 嵐山光三郎

人の一生は、「下り坂」をどう楽しむかにかかっている。真の喜びや快感は「下り坂」にあるのだ。あちこちにガタがきても、愉快な毎日が待っている。

杏のふむふむ 杏

連続テレビ小説「ごちそうさん」で国民的な女優となった杏が、それまでの人生を、人との出会いをテーマに描いたエッセイ集。（村上春樹）

泥酔懺悔 朝倉かすみ、中島たい子、瀧波ユカリ、平松洋子、室井滋、中野翠、西加奈子、山崎ナオコーラ、三浦しをん、大道珠貴、角田光代、藤野可織

泥酔せずともお酒を飲めば酔っ払う。お酒の席は飲める人には楽しく、下戸には不可解。お酒を介した様々な光景を女性の書き手が綴ったエッセイ集。

一本の茎の上に 茨木のり子

「人間の顔は一本の茎の上に咲き出た一瞬の花である」表題作をはじめ、敬愛する山之口貘等について綴った香気漂うエッセイ集。（金裕鴻）

茨木のり子集 言の葉（全3冊） 茨木のり子

しなやかに凛と生きた詩人の歩みの跡を、詩とエッセイで編んだ自選作品集。単行本未収録の作品なども収め、魅力の全貌をコンパクトに纏める。

茨木のり子集 言の葉1 茨木のり子

一九五〇～六〇年代。詩集『対話』『見えない配達夫』『鎮魂歌』、エッセイ「はたちが敗戦」「『櫂』小史」、ラジオドラマ、童話、民話、評伝など。

茨木のり子集 言の葉2 茨木のり子

一九七〇～八〇年代。詩集『人名詩集』『自分の感受性くらい』『寸志』。エッセイ「最晩年」「山本安英の花」「祝婚歌」「井伏鱒二の詩」「美しい言葉とは」など。

茨木のり子集 言の葉3　茨木のり子

一九九〇年代〜。詩集『食卓に珈琲の匂い流れ』『倚りかからず』未収録作品。エッセイ「女へのまなざし」「尹東柱について」「内海」、訳詩など。（井坂洋子）

遺言　石牟礼道子／志村ふくみ

未曾有の大災害の後、言葉を交わしあうことを強く望んだ作家と染織家。新しいよみがえりを祈って紡いだ次世代へのメッセージ。（志村洋子／志村昌司）

大東京ぐるぐる自転車　伊藤礼

六十八歳で自転車に乗り始め、はや十四年。ペースメーカーを装着した体で走行した距離は約四万キロ！　味わい深い小冒険の数々。（平松洋子）

ダダダダ菜園記　伊藤礼

畑づくりの苦労、楽しさを、滋味とユーモア溢れる文章で描く。自宅の食堂から見える庭いっぱいの農場で〝伊藤式農法〟確立を目指す。（宮田珠己）

ぼくは散歩と雑学がすき　植草甚一

1970年、遠かったアメリカ。その風俗、映画、本、音楽から政治までをフレッシュな感性と膨大な知識、貪欲な好奇心で描き出す代表エッセイ集。

北京の台所、東京の台所　ウー・ウェン

料理研究家になるまでの半生、文化大革命などの出来事、北京の人々の暮らしの知恵、日中の料理について描く。北京家庭料理レシピ付。（木村衣有子）

増補 本屋になりたい　宇田智子／高野文子 絵

東京の超巨大新刊書店員から那覇の極小古書店主に。島の本を買い取り、売る日々の中で考えたこととは。文庫化に際し1章加筆。（小野正嗣）

女子の古本屋　岡崎武志

女性店主の個性的な古書店が増えています。カフェを併設したり雑貨も置くなど、独自の品揃えで注目の各店を紹介。追加取材して文庫化。（近代ナリコ）

貧乏は幸せのはじまり　岡崎武志

著名人の極貧エピソードからユーモア溢れる生活の知恵まで、幸せな人生を送るための「貧乏」のススメ！　巻末に荻原魚雷氏との爆笑貧乏対談を収録。

古本で見る昭和の生活　岡崎武志

古本屋でひっそりとたたずむ雑本たち。忘れられたベストセラーや捨てられた生活実用書など。それらを紹介しながら、昭和の生活を探る。（出久根達郎）

上京する文學　岡崎武志

村上春樹、川端康成、宮澤賢治に太宰治――、作家の上京を「東京」の街はどんな風に迎えたのか。上京で読み解く文学案内。野呂邦暢の章を追記。（重松清）

愛とまぐはひの古事記　大塚ひかり

最古の記録文学は現代人に癒しをもたらす。奔放なエロスと糞尿譚に満ちた破天荒な物語の不思議な清浄感。痛快古典エッセイ。（富野由悠季）

わたしは驢馬に乗って下着をうりにゆきたい　鴨居羊子

新聞記者から下着デザイナーへ。斬新で夢のある下着を世に送り出し、下着ブームを巻き起こした女性起業家の悲喜こもごも。（近代ナリコ）

世界はフムフムで満ちている　金井真紀

街に出て、会って、話した！　海女、石工、コンビニ店長……。仕事の達人のノビノビ生きるコツを拾い集めた。楽しいイラスト満載。（金野典彦）

ねにもつタイプ　岸本佐知子

何となく気になることにこだわる、ねにもつ。思索、奇想、妄想はばたく脳内ワールドをリズミカルな名短文でつづる。第23回講談社エッセイ賞受賞。

なんらかの事情　岸本佐知子

エッセイ？　妄想？　それとも短篇小説？　……モヤッとするのに心地よい！　翻訳家・岸本佐知子の頭の中を覗くような可笑しな世界へようこそ！

私の猫たち許してほしい　佐野洋子

少女時代を過ごした北京。リトグラフを学んだベルリン。猫との奇妙なふれあい。著者のおいたちと日常をオムニバス風につづる。（高橋直子）

アカシア・からたち・麦畑　佐野洋子

ふり返ってみたいような、ふり返りたくないような小さかった時。甘美でつらかったあの頃が時のむこうで色鮮やかな細密画のように光っている。

私はそうは思わない　佐野洋子

佐野洋子は過激だ。ふつうの人が思うようには思わない。大胆で意表をついたまっすぐな発言をする。だから読後が気持ちいい。（群ようこ）

神も仏もありませぬ　佐野洋子

還暦……もう人生おりたかった。でも春のきざしの蕗の薹に感動する自分がいる。意味なく生きても人は幸せなのだ。第3回小林秀雄賞受賞。（長嶋康郎）

食べちゃいたい　佐野洋子
じゃがいもはセクシー、ブロッコリーは色っぽい、玉ねぎはコケティッシュ……。なめて、かじって、のみこんで。野菜主演のエロチック・コント集。

問題があります　佐野洋子
中国で迎えた終戦の記憶から極貧の美大生時代、読まずにいられない本の話など。単行本未収録作品を追加した、愛と笑いのエッセイ集。（長嶋有）

イギリスだより　カレル・チャペック旅行記コレクション　カレル・チャペック　飯島周編訳
風俗を描かせたら文章も絵もピカ一のチャペック。イングランド各地をまわった楽しいスケッチ満載で、今も変わらぬイギリス人の愛らしさが冴える。

スペイン旅行記　カレル・チャペック旅行記コレクション　カレル・チャペック　飯島周編訳
描きたいものに事欠かないスペイン。酒場だファサードだ闘牛だフラメンコだ、興奮気味にその楽しさを語りスケッチを描く、旅エッセイの真骨頂。

北欧の旅　カレル・チャペック旅行記コレクション　カレル・チャペック　飯島周編訳
そこには森とフィヨルドと牛と素朴な人々の暮らしがあった。デンマーク、ノルウェー、スウェーデンを鉄道と船でゆったりと旅した記録。本邦初訳。

水辺にて　梨木香歩
川のにおい、風のそよぎ、木々や生き物の息づかい。カヤックで水辺に漕ぎ出すと見えてくる世界を、物語の予感いっぱいに語るエッセイ。（酒井秀夫）

プロ野球新世紀末ブルース　中溝康隆
伝説の名勝負から球界の大事件まで愛と笑いの平成プロ野球コラム。TV、ゲームなど平成カルチャーとプロ野球の新章を増補し文庫化。（熊崎風斗）

新版　いっぱしの女　氷室冴子
時を経てなお生きる言葉のひとつひとつが、呼吸を楽にしてくれる――。大人気小説家・氷室冴子の名作エッセイ、待望の復刊！（町田そのこ）

傷を愛せるか　増補新版　宮地尚子
たとえ過去の傷から逃れられないとしても、内なる弱さをみつめてみよう――。トラウマ研究の第一人者による深く沁みとおるエッセイ。（天童荒太）

向田邦子ベスト・エッセイ　向田邦子　向田和子編
いまも人々に読み継がれている向田邦子。その随筆の中から、家族、食、生き物、こだわりの品、旅、仕事、私……、といったテーマで選ぶ。（角田光代）

ちくま文庫

小さいコトが気になります

二〇二二年十二月 十 日 第一刷発行
二〇二三年 二 月二十五日 第四刷発行

著 者 益田ミリ（ますだ・みり）
発行者 喜入冬子
発行所 株式会社 筑摩書房
東京都台東区蔵前二―五―三 〒一一一―八七五五
電話番号 〇三―五六八七―二六〇一（代表）
装幀者 安野光雅
印刷所 中央精版印刷株式会社
製本所 中央精版印刷株式会社

ISBN978-4-480-43855-3 C0195